课文作家
经典作品系列

紫藤萝瀑布·丁香结

宗　璞◎著

长江出版传媒 | 长江少年儿童出版社

从未见过开得这样盛的藤萝，只见一片辉煌的淡紫色，像一条瀑布，从空中垂下，不见其发端，也不见其终极。只是深深浅浅的紫，仿佛在流动，在欢笑，在不停地生长。

——《紫藤萝瀑布》

每个人一辈子都有许多不顺心的事，一件完了一件又来。所以丁香结年年都有。结，是解不完的；人生中的问题也是解不完的，不然，岂不太平淡无味了吗？

——《丁香结》

但总要尽力地发光，尤其是在困境中。草丛中飘浮的、灵动的、活泼的萤火，常在我心头闪亮。

——《萤火》

无论怎样的高山，只要一步步走，终究可以达到山顶的。到达山顶的乐趣自不必说，那一步步走的乐趣，也不是乘坐直升机能够体会到的。

——《爬山》

目 录

紫藤萝瀑布

我不由得停住了脚步。

从未见过开得这样盛的藤萝，只见一片辉煌的淡紫色，像一条瀑布，从空中垂下，不见其发端，也不见其终极。只是深深浅浅的紫，仿佛在流动，在欢笑，在不停地生长。紫色的大条幅上，泛着点点银光，就像迸溅的水花。仔细看时，才知那是每一朵紫花中的最浅淡的部分，在和阳光互相挑逗。

这里春红已谢，没有赏花的人群，也没有蜂围蝶阵。有的就是这一树闪光的、盛开的藤萝。花朵儿一串挨着一串，一朵接着一朵，彼此推着挤着，好不活泼热闹！

“我在开花！”它们在笑。

“我在开花！”它们嚷嚷。

每一穗花都是上面的盛开，下面的待放。颜色便上浅下深，好像那紫色沉淀下来了，沉淀在最嫩最小的花苞里。每一朵盛开的花就像是一个小小的张满了的帆，帆下带着尖底的舱。船舱鼓鼓的，又像一个忍俊不禁的笑容，就要绽开似的。那里装的是什么仙露琼浆？我凑上去，想摘一朵。

但是我没有摘。我没有摘花的习惯。我只是伫立凝望，觉得这一条紫藤萝瀑布不只在我眼前，也在我心上缓缓流过。流着流着，它带走了这些时一直压在我心上的关于生死的疑惑，关于疾病的痛楚。我浸在这繁密的花朵的光辉中，别的一切暂时都不存在，有的只是精神的宁静和生的喜悦。

这里除了光彩，还有淡淡的芳香，香气似乎也是浅紫色的，梦幻一般轻轻地笼罩着我。忽然记起十多年前家门外也曾有过一大株紫藤萝，它依傍一株枯槐爬得很高，但花朵从来都稀落，东一穗西一串伶仃地挂在树梢，好像在察言观色，试探什么。后来索性连那稀零的花串也没有了。园中别的紫藤花架也都拆掉，改种了果树。那时的说法是，花和生活腐化有什么必然关系。我曾遗憾地想：这里再看不见藤萝花了。

过了这么多年，藤萝又开花了，而且开得这样盛，这样密，紫色的瀑布遮住了粗壮的盘虬卧龙般的枝干，不断地流着，流着，流向人的心底。

花和人都会遇到各种各样的不幸，但是生命的长河是无止境的。我抚摸了一下那小小的紫色的花舱，那里满装生命的酒酿，它张满了帆，在这闪光的花的河流上航行。它是万花中的一朵，也正是由一朵一朵花，组成了万花灿烂的流动的瀑布。

在这浅紫色的光辉和浅紫色的芳香中，我不觉加快了脚步。

丁 香 结

今年的丁香花似乎开得格外茂盛，城里城外，都是一样。城里街旁，尘土纷嚣之间，忽然呈出两片雪白，顿使人眼前一亮，再仔细看，才知是两行丁香花。有的宅院里探出半树银妆，星星般的小花缀满枝头，从墙上窥着行人，惹得人走过了还要回头望。

城外校园里丁香更多。最好的是图书馆北面的丁香三角地，种有十数棵白丁香和紫丁香。月光下白的潇洒，紫的朦胧。还有淡淡的幽雅的甜香，非桂非兰，在夜色中也能让人分辨出，这是丁香。

在我断断续续住了近三十年的斗室外，有三棵白丁香。每到春来，伏案时抬头便看见檐前积雪。雪色映进窗来，香气直透毫端。人也似乎轻灵得多，不那么浑浊笨拙了。从外面回来时，最先映入眼帘的，也是那一片莹白，白下面透出参差的绿，然后才见那两扇红窗。我经历过的春光，几乎都是和这几树丁香联系在一起的。那十字小白花，那样小，却不显得单薄。许多小花形成一簇，许多簇花开满一树，遮掩着我的窗，照耀着我的文思和梦想。

古人诗云："芭蕉不展丁香结""丁香空结雨中愁"。在细雨迷蒙中，着了水滴的丁香格外妩媚。花墙边两株紫色的，如同印象派的画，线条模糊了，直向窗前的莹白渗过来。让人觉得，丁香确实该和微雨连在一起。

只是赏过这么多年的丁香，却一直不解，何以古人发明了丁香结的说法。今年一次春雨，久立窗前，望着斜伸过来的丁香枝条上一柄花蕾。小小的花苞圆圆的，鼓鼓的，恰如衣襟上的盘花扣。我才恍然，果然是丁香结。

丁香结，这三个字给人许多想象。再联想到那些诗句，真觉得它们负担着解不开的愁怨了。每个人一辈子都有许多不顺心的事，一件完了一件又来。所以丁香结年年都有。结，是解不完的；人生中的问题也是解不完的，不然，岂不太平淡无味了吗？

小文成后一直搁置，转眼春光已逝。要看满城丁香，须待来年了。来年又有新的结待人去解——谁知道是否解得开呢？

松　侣

一位朋友曾说她从未注意过木槿花是什么样儿，我答应院中木槿花开时，邀她来看。这株木槿原在窗前，为了争得光线，春末夏初时我把它移到篱边。它很挣扎了一阵，活下来了，可是秋初着花时节，一朵未见。偶见大图书馆前两排木槿，开着紫、白、红各色的花朵，便想通知朋友，到那里观看。不知有什么事，一天天因循，未打电话。过了些时日，偶然走过图书馆，却见两排绿树，花朵已全落尽了。一路很是怅然，似乎不只失信于朋友，也失信于木槿花。又因木槿花每一朵本是朝开夕谢的，不免伤时光之不再，联想到自己的疾病，不知还剩有几多日子。

回到家里，站在院中三棵松树之间，那点脆弱的感怀忽然消失了，我感到镇定平静。三松中的两棵高大稳重，一株直指天空，另一株过房顶后作九十度折角，形貌别致，都似很有魅力，可以倚靠。第三棵不高，枝条平伸作伞状，使人感到亲切。它们似乎说，好了，不要小资情调了，有我们呢。

它们当然是不同的。它们不落叶，无论冬夏，常给人绿色的遮蔽。那绿色十分古拙，不像有些绿色的鲜亮活跳。它们也是有花的，但不显著，最后结成松塔掉下来，带给人的是成熟的喜悦，而不是凋谢的惆怅。它们永远散发着清净的气息，使得人也清爽，据说像负离子发生器一样，有着实实在在的医疗作用。

更何况三松和我的父亲是永远分不开的。我的父亲晚年将这住宅命名为三松堂。“庭中有三松，抚而盘桓，较渊明犹多其二焉”（《三松堂自序》之自序）。寄意深远，可以揣摩。我站在三松之下感到安心，大概因为同时也感到父亲的思想、父亲的影响和那三松的华盖一样，仍在荫蔽着我。

父母在堂时，每逢节日，家里总是很热闹。二十世纪七十年代末，放鞭炮之风还未盛，我家得风气之先，不只放鞭炮，还要放花，一道道彩光腾空而起，煞是好看。这时大家又笑又叫，少年人持着竹竿，孩子们躲在大人身后探出个小脑袋。放花放炮的乐趣就在此了。放了几年，家里人愈来愈少了，剩下的人还坚持这一节目。有一次一个闪光雷放上去，其中一些纸燃烧着落到松树顶上，一枝松针马上烧起来，幸亏比较靠边，往上泼水还能泼到，及时扑灭了。浇水的人和树一样，也成了落汤鸡。以后因子侄辈纠缠，也还放了两年。再以后，没有高堂可娱，青年人又都各奔前程，几乎走光，三松堂前便再没有节日的喧闹。

这一切变迁，三松和院中的竹子、丁香、藤萝、月季和玉簪都曾亲见。其中松树无疑是祖字辈的，阅历最多，感怀最深，却似乎最无话说。只是常绿常香，默默地立在那里，让人觉得，累了时它总是可以靠一靠的。

这三棵松树似是家中的一员，是亲人，是长辈。燕园中还有许许多多松柏枞桧这类的树，便是我的好友了。

在第二体育馆之北，六座中西合璧的庭院之间，有一片用松墙围起来的园子，名为静园。这里原来是没有墙的，有的是草地、假山，又宽又长的藤萝架。“文化大革命”中，这些花草因有不事生产的罪名，全被铲除，换上了有出息的果树，又怕人偷果子，乃围以松墙。我对这一措施素不以为然，静园也很少去。

这两年，每天清晨坚持散步，据说这是我性命攸关的大事，未敢少懈。散步的路径，总寻找松柏之处，静园外超过千步的松墙边便成为好地方。一到墙边，先觉清气扑人，一路走下去，觉得全身的血液都换过了。

临湖轩前有一处三角地，也围着松墙。其中一段路两边皆松，成为夹道。那松的气息，更是向每个毛孔渗来。一次雨后走过夹道，见树顶上一片云气蒸腾，树枝上挂满亮晶晶的水珠，蜘蛛网也成了彩色的璎珞，最主要的是那气息，清到浓重的地步，劈头盖脸将人包裹住了。这时便想，若不能健康地活下去，实在愧对造化的安排。

走出夹道不远，有一处小松林，有白皮松、油松等，空气自然是好的。我走过时，总见六七位老太太在一起做操，一面拍拍打打，一面大声谈家常。譬如昨天谁的媳妇做的什么饭，谁的孙子念的什么书。松树也不嫌聒噪，只管静静地进行负离子疗法。

中国文学中一直推崇松的品格，关于松的吟咏很多。松树的不畏岁寒，正可视为不阿时不媚俗的一种节气。这是“士”应有的精神境界，所以都愿意以松为友。白居易《庭松》诗云：“朝昏有风月，燥湿无尘泥。疏韵秋槭槭，凉阴夏凄凄。春深微雨夕，满叶珠蓑蓑。岁暮大雪天，压枝玉皑皑。四时各有趣，万木非其侪……即此是益友，岂必交贤才。顾我犹俗士，冠带走尘埃。未称为松主，时时一愧怀。”最后两句用松之德要求自己，勉励自己，要够格做松的主人。松不只给人安慰，给人健康，还在道德上引人向上。世之益友，又有几人能做到呢？

自然界中，能为友侣的当然不只松柏一类。虽木槿之短暂，也有它的作用和位置。人若能时时亲近大自然，会较容易记住自己的本色。嵇康有诗云："目送归鸿，手挥五弦。俯仰自得，游心太玄。"纵然手不能举足不能抬，纵然头上悬着疾病的利剑，我们也能在自己的位置上俯仰自得，不是吗？

花的话

春天来了，几阵清风，数番微雨，洗去了冬日的沉重。大地透出了嫩绿的颜色，花儿们也陆续开放了。若照严格的花时来说，她们可能彼此见不着面，但在这既非真实，也非虚妄的园中，她们聚集在一起了。不同的红，不同的黄，以及洁白，浅紫，颜色十分绚丽；繁复新巧的，纤薄单弱的，式样各出心裁。各色各式的花朵在园中铺展开一片锦绣。

花儿们刚刚睁开眼睛时，总要惊叹道：“多么美好的世界，多么明媚的春天！”阳光照着，蜜蜂儿蝴蝶儿，绕着花枝上下飞舞，一片绚烂的花的颜色，真叫人眼花缭乱，忍不住赞赏生命的浓艳。花儿们带着新奇的心情望着一切，慢慢地舒展着花瓣，从一个个小小的红苞开成一朵朵鲜丽的花。

她们彼此学习着怎样斜倚在枝头，怎样颤动着花蕊，怎样散发出各种各样的清雅的、浓郁的、幽甜的芳香，给世界更添几分优美。

开着开着，花儿们看惯了春天的世界，觉得也不过是如此。却渐渐地觉得自己十分重要，自己正是这美好世界中最美好的。

一个夜晚，明月初上，月光清幽，缓缓流进花丛深处。花儿们呼吸着夜晚的清新空气，都想谈谈心里话。榆叶梅是个急性子，她首先开口道："春天的花园里，就数我最惹人注意了。你们听人们说过吗？远望着，我简直像朵朵红云，飘在花园的背景上。"大家一听，她把别人都算成了背景，都有点发愣。玫瑰花听她这么不谦虚，很生气，马上提醒她："你虽然开得茂盛，也不过是个极普通的品种，要取得突出的位置，还得出身名门。玫瑰是珍贵的品种，这是人所共知的。"她说着，骄傲地昂起头。真的，她那鲜红的、密密层层的花瓣，组成一朵朵异常娇艳的不太大也不太小的花，叫人忍不住想去摸一摸，嗅一嗅。

"要说出身名门——"芍药端庄地颔首微笑。当然，大家都知道芍药自古有花相之名，其高贵自不必说。不过这种门第观念，花儿们也都知道是过时了。有谁轻轻嘟囔了一句：

“还讲什么门第，这是十八世纪的话题！”芍药听了不再开口，仿佛她既重视门第，也觉得不能光看门第似的。

“花要开得好，还要开得早！”已经将残的杏花把话题转了开去，“我是冒着春寒开花的，在这北方的没有梅花的花园里，我开得最早，是带头的。可是那些耍笔杆儿的，光是松啊，竹啊，说他们怎样坚贞，就没人看见我这种突出的品质！”

“我开花也很早，不过比你稍后几天，我的花色也很美呀！”说话的是桃花。

迎春花连忙插话道：“论美丽，实在没法子比。有人喜欢这个，有人喜欢那个，难说，难说。倒是从有用来讲，整个花园里，只有我和芍药姐姐能做药材，治病养人。”她得意地摆动着柔长的枝条，一长串的小黄花都在微笑。

玫瑰花略侧一侧她那娇红的脸，轻轻笑道：“你不知道玫瑰油的贵重吧。玫瑰花瓣儿，用途也很多呢。”

白丁香正在半开，满树如同洒了微霜。她是不大爱说话的，这时也被这番谈话吸引了，慢慢地说：“花么，当然要比美，依我看，颜色态度，既清雅而又高贵，谁都比不上玉兰，她贵而不俗，雅而不酸，这样白，这样美——”丁香慢吞吞地想着适当的措辞。微风一过，摇动着她的小花，散发出一阵阵幽香。

盛开的玉兰也矜持地开口了。她的花朵大，显得十分凝重，颜色白，显得十分清丽，又从高处向下说话，自然而然便有一种屈尊纡贵的神气。“丁香花真像许多小小的银星，她也许不是最美的花，但她是最迷人的花。”她的口气是这样有把握，大家一时都想不出话来说。

忽然间，花园的角门开了，一个小男孩飞跑了进来。他没有看那月光下的万紫千红，却一直跑到松树背后的一个不受人注意的墙角，在那如茵的绿草中间，采摘着野生的二月兰。

那些浅紫色的二月兰，是那样矮小，那样默默无闻。她们从没有想到自己有什么特殊招人喜爱的地方，只是默默地尽自己微薄的力量，给世界加上点滴的欢乐。

小男孩预备把这一束小花插在墨水瓶里，送给他敬爱的、终日辛勤劳碌的老师。老师一定会从那充满着幻想的颜色，看出他的心意的。

月儿行到中天，花园里始终没有再开始谈话，花儿们沉默着，不知怎么，都有点不好意思。

秋　　韵

京华秋色，最先想到的总是香山红叶。曾记得满山如火如荼的壮观，在太阳下，那红色似乎在跳动，像火焰一样。二三友人，骑着小驴，笑语与嘚嘚蹄声相和，循着弯曲小道，在山里穿行。秋的丰富和幽静调和得匀匀的，向每个毛孔渗进来。后来驴没有了，路平坦得多了，可以痛快地一起走到半山。如果走的是双清这一边，一段山路后，上几个陡台阶，眼前会出现大片金黄，那是几棵大树，现在想来，该是银杏吧。满树茂密的叶子都黄透了，从树梢披散到地，黄得那样滋润，好像把秋天的丰收集聚在那里了。让人觉得，这才是秋天的基调。

今年秋到香山，人也到香山。满路车辆与行人，如同电影散场，或要举行大规模代表会。只好改道万安山，去寻秋意。山麓有一片黄栌，不甚茂密。法海寺废墟前石阶两旁，有两片暗红，也很寥落。废墟上有顺治年间的残碑，镌有“不得砍伐，不得放牧”的字样。乱草丛中，断石横卧，枯树枝头，露出灰蓝的天和不甚明亮的太阳。这似乎很有秋天的萧索气象了。然而，这不是我要寻找的秋的韵致。

有人说，该到圆明园去，西洋楼西北的一片树林，这时大概正染着红、黄两种富丽的颜色。可对我来说，不断地寻秋是太奢侈了，不能支出这时间，且待来年吧。家人说：来年人更多，你骑车的本领更差，也还是无由寻到的。那就待来生吧，我说。大家一笑。

其实，我是注意今世的。清晨照例的散步，便是为了寻健康，没有什么浪漫色彩。这一天，秋已深了，披着斜风细雨，照例走到临湖轩下小湖旁，忽然觉得景色这般奇妙，似乎我从未到过这里。

小湖南面有一座小山，山与湖之间是一排高大的银杏树。几天不见，竟变成一座金黄屏障，遮住了山，映进了水。扇形叶子落了一地，铺满了绕湖的小径。似乎这金黄屏障向四周渗透，无限地扩大了。循路走去，湖东侧一片鲜红跳进眼帘。这样耀眼的红叶！ 不是黄栌，黄栌的红较暗；不是枫树，枫叶的红较深。这红叶着了雨，远看鲜亮极了，近看时，是对称的长形叶子，地下也有不少，成了薄薄的一层红毯。在小片鲜红和高大的金屏障之间，还有深浅不同的绿，深浅不同的褐、棕等丰富的颜色环抱着澄明的秋水。冷冷的几滴秋雨，更给整个景色添了几分朦胧，似乎除了眼前这一切，还有别的蕴藏。

这是我要寻的秋的韵致么？秋天是有成绩的人生，绚烂多彩而肃穆庄严，似朦胧而实清明，充满了大彻大悟的味道。

秋去冬来之时，意外地收到一份讣告，是父亲的一位哲学友人故去了。讣告上除生卒年月外，只有一首遗诗。译出来是这等模样：

不要推却友爱

不要延迟欢乐

现在不悟

便永迷惑

在这里

一切都有了着落

我要寻找的秋韵，原来便在现在，在这里，在心头。

冬　　至

这次手术之后，已经年余，却还是这里那里不舒服，连晨起的散步也久废不去了。今天拉开窗帘，见满地白亮亮，还以为是下了雪。再看时，原是一片月光，从松树的枝条间筛下。大半个月亮，挂在中天偏西。天空宽阔而洁净，和月亮一起，罩着静悄悄的大地。

以为表出了问题，看钟，同样是六时一刻。又看日历，原来今天是冬至，从入秋起盼着的冬至。

近年有个奇怪心理：一见落叶悄悄飘离了树木，就盼冬至。随着落叶飘零，白昼一天天短，黑夜愈来愈长。清晨散步，几同夜行，无甚意趣。只要到了冬至，经过这一年中最短的白天，便昼渐长，夜渐短，渐渐地，春天就来了。好像人在生活的道路上落到了谷底，无可再落，就有了上升的希望。可以期待花开草长，可以期待那拖着蓝灰色长尾巴的喜鹊的喳喳叫声，并且在粉红色的晨光中吸进清新的空气。

很想看一看月光怎样淡去，晨光怎样浓来，却无这点闲逸的福分。在开始忙碌的一天时，心中充满了喜悦，因为冬至毕竟来了。因为天时有四季变化，时代有巨大变革；因为生活的丰富是尝不尽的。

冬至是一年的转机，我喜欢转机。

好一朵木槿花

又是一年秋来，洁白的玉簪花挟着凉意，先透出冰雪的消息。美人蕉也在这时开放了，红的黄的花，耸立在阔大的绿叶上，一点不在乎秋的肃杀。以前我有“美人蕉不美”的说法，现在很想收回。接下来该是紫薇和木槿。在我家这以草为主的小园中，它们是外来户。偶然得来的枝条，偶然插入土中，它们就偶然地生长起来。紫薇似娇气些，始终未见花。木槿则已两度花发了。

木槿以前给我的印象是平庸。“文革”中许多花木惨遭摧残，它却得全性命，陪伴着显赫一时的文冠果，免得那“钦定”植物太孤单。据说原因是它的花可食用，大概总比草根树皮好些吧。学生浴室边的路上，两行树挺立着，花开有紫、红、白等色，我从未仔细看过。

近两年木槿在这小园中两度开花，不同凡响。

前年秋至，我家刚从死别的悲痛中缓过气来不久，又面临了少年人的生之困惑。我们不知道下一分钟会发生什么事，陷入极端的惶恐中。我在坐立不安时，只好到草园踱步。那时园中荒草没膝，除了我们的基本队伍亲爱的玉簪花之外，只有两树忍冬，结了小红果子，玛瑙扣子似的，一簇簇挂着。我没有指望还能看见别的什么颜色。

忽然在绿草间，闪出一点紫色，亮亮的，轻轻的，在眼前转了几转。我忙拨开草丛走过去，见一朵紫色的花缀在不高的绿枝上。

这是木槿。木槿开花了，而且是紫色的。

木槿花的三种颜色，以紫色最好。那红色极不正，好像颜料没有调好；白色的花，有老伙伴玉簪已经够了。最愿见到的是紫色的，好和早春的二月兰、初夏的藤萝相呼应，让紫色的幻想充满在小园中，让风吹走悲伤，让梦留着。

惊喜之余，我小心地除去它周围的杂草，做出一个浅坑，浇上水。水很快渗下去了。一阵风过，草面漾出绿色的波浪，薄如蝉翼的娇嫩的紫花在一片绿波中歪着头，带点调皮，却丝毫不知道自己显得很奇特。

去年，月圆过四五次后，几经洗劫的小园又一次遭受磨难。园旁小兴土木，盖一座大有用途的小楼。泥土、砖块、钢筋、木条全堆在园里，像是凌乱地长出一座座小山，把植物全压在底下。我已习惯了这类景象，知道毁去了以后，总会有新的开始，尽管等的时间会很长。

没想到秋来时，一次走在这崎岖的山路上，忽见土山一侧，透过砖块钢筋伸出几条绿枝，绿枝上，一朵紫色的花正在颤颤地开放！

我的心也震颤起来，一种悲壮的感觉攫住了我。土埋大半截了，还开花！

土埋大半截了，还开花！

我跨过障碍，走近去看这朵从重压下挣扎出来的花。仍是娇嫩的薄如蝉翼的花瓣，略有皱褶，似乎在花蒂处有一根带子束住，却又舒展自得，它不觉得环境的艰难，更不觉得自己的奇特。

忽然觉得这是一朵童话中的花，拿着它，任何愿望都会实现，因为持有的是面对一切困难的勇气。

紫色的流光抛洒开来，笼罩了凌乱的工地。那朵花冉冉升起，倚着明亮的紫霞，微笑地俯看着我。

今年果然又有一个开始。小园经过整治，不再以草为主，所以有了对美人蕉的新认识。那株木槿高了许多，枝繁叶茂，但是重阳已届，仍不见花。

我常在它身旁徘徊，期待着震撼了我的那朵花。

它不再来。

即使再有花开，也不是去年的那一朵了。也许需要纪念碑，纪念那逝去了的，昔日的悲壮？

报　秋

似乎刚过完了春节，什么都还来不及干呢，已是长夏天气，让人懒洋洋的像只猫。一家人夏衣尚未打点好，猛然却见玉簪花那雪白的圆鼓鼓的棒槌，从拥挤着的宽大的绿叶中探出头来。我先是一惊，随即怅然。这花一开，没几天便是立秋。以后便是处暑便是白露便是秋分便是寒露，过了霜降，便立冬了。真真的怎么得了！

一朵花苞钻出来，一个柄上的好几朵都跟上。花苞很有精神，越长越长，成为玉簪模样。开放都在晚间，一朵持续一昼夜。六片清雅修长的花瓣围着花蕊，当中的一株顶着一点嫩黄，颤颤地望着自己雪白的小窝。

这花的生命力极强，随便种种，总会活的。不挑地方，不拣土壤，而且特别喜欢背阴处，把阳光让给别人，很是谦让。据说花瓣可以入药。还有人来讨那叶子，要捣烂了治脚气。我说它是生活上向下比，工作上向上比，算是一种玉簪花精神吧。

我喜欢花，却没有侍弄花的闲情。因有自知之明，不敢邀名花居留，只有时要点草花种种。有一种太阳花，又名“死不了”，开时五色缤纷，杂在草间很好看。种了几次，都不成功。“连‘死不了’都种死了。”我常这样自嘲。

玉簪花却不同，从不要人照料，只管自己蓬勃生长。往后院月洞门小径的两旁，随便移栽了几个嫩芽，次年便有绿叶白花，点缀着夏末秋初的景致。我的房门外有一小块地，原有两行花，现已形成一片，绿油油的，完全遮住了地面。在晨光熹微或暮色朦胧中，一柄柄白花擎起，隐约如绿波上的白帆，不知驶向何方。有些植物的繁茂枝叶中，会藏着一些小活物，吓人一跳。玉簪花下却总是干净的，可能因气味的缘故，不容虫豸近身。

花开有十几朵，满院便飘着芳香。不是丁香的幽香，不是桂花的甜香，也不是荷花的那种清香。它的香比较强，似乎有点醒脑的作用。采几朵放在养石子的水盆中，房间里便也飘散着香气，让人减少几分懒洋洋，让人心里警惕着：秋来了。

秋是收获的季节，我却两手空空。一年两年过去了，总是在不安和焦虑中。怪谁呢，很难回答。

久居异乡的兄长，业余喜好诗词。前天寄来南宋词人朱敦儒的那首《西江月》。原文是：

日日深杯酒满，朝朝小圃花开。自歌自舞自开怀，无拘无束无碍。

青史几番春梦，红尘多少奇才。不消计较与安排，领取而今现在。

若照他译的英文再译回来，最后一句是认命的意思。这意思有，但似不够完全。我把“领取而今现在”一句反复吟哦，觉得这是一种悠然自得的境界。其实不必深杯酒满，不必小圃花开，只在心中领取，便得逍遥。

领取自己那一份，也有品味、把玩、获得的意思。那么，领取秋，领取冬，领取四季，领取生活吧。

那第一朵花出现已一周，凋谢了，可是别的一朵一朵在接上来。圆鼓鼓的花苞，盛开了的花朵，由一个个柄擎着，在绿波上漂浮。

送　　春

说起燕园的野花，声势最为浩大的，要属二月兰了。它们本是很单薄的，脆弱的茎，几片叶子，顶上开着小朵小朵简单的花。可是开成一大片，就形成春光中重要的色调。阴历二月，它们已探头探脑地出现在地上，然后忽然一下子就成了一大片。一大片深紫浅紫的颜色，不知为什么总有点朦胧。房前屋后，路边沟沿，都让它们占据了，熏染了。看起来，好像比它们实际占的地盘还要大。微风过处，花面起伏，丰富的各种层次的紫色一闪一闪地滚动着，仿佛还要到别处去涂抹。

没有人种过这花，但它每年都大开而特开。童年在清华，屋旁小溪边便是它们的世界。人们不在意有这些花，它们也不在意人们是否在意，只管尽情地开放。那多变化的紫色，贯穿了我所经历的几十个春天，只在昆明那几年让白色的木香花代替了。木香花以后的岁月，便定格在燕园，而燕园的明媚春光，是少不了二月兰的。

斯诺墓所在的小山后面，人迹罕至，便成了二月兰的天下。从路边到山坡，在树与树之间，挤满花朵。有一小块颜色很深，像需要些水化一化；有一小块颜色很浅，近乎白色。在深色中有浅色的花朵，形成一些小亮点儿；在浅色中又有深色的笔触，免得它太轻灵。深深浅浅连成一片。这条路我也是不常走的，但每到春天，总要多来几回，看看这些小友。

其实我家近处，便有大片二月兰。各芳邻门前都有特色，有人从荷兰带回郁金香，有人从近处花圃移来各色花草。这家因主人年老，儿孙远居海外，没有人侍弄园子，倒给了二月兰充分发展的机会。春来开得满园，像一大块花毡，衬着边上的绿松墙。花朵们往松墙的缝隙间直挤过去，稳重的松树也似在含笑望着它们。

这花开得好放肆！ 我心里说。我家屋后，一条弯弯的石径两侧直到后窗下，每到春来，都是二月兰的领地。面积虽小，也在尽情抛洒春光。不想一次有人来收拾院子，给枯草烧了一把火，说也要给野花立规矩。次年春天便不见了二月兰，它受不了规矩，野草却依旧猛长。我简直想给二月兰写信，邀请它们重返家园。信是无处投递，乃特地从附近移了几棵，也尚未见功效。

许多人不知道二月兰为何花，甚至语文教科书的插图也把它画成兰花的模样。兰花素有花中君子之称，品高香幽。二月兰虽也有个兰字，可完全与兰花没有关系，也不想攀高枝，只悄悄从泥土中钻出来，如火如荼点缀了春光，又悄悄落尽。我曾建议一年轻画徒，画一画这野花，最好用水彩，用印象派手法。年轻人交来一幅画稿，在灰暗的背景中只画有一枝伶仃的花，又依照“现代”眼光，在花旁画了一个破竹篮。

“这不是二月兰的典型姿态。”我心里评判着。二月兰是一大片一大片的，千军万马。身躯瘦弱地位卑下，却高扬着活力，看了让人透不过气来。而且它们不只开得隆重茂盛，尽情尽性，还有持久的精神，这是今春才悟到的。

因为病，因为懒，常几日不出门。整个春天各种花开花谢，来去匆匆，有的便不得见。却总见二月兰不动声色地开在那里，似乎随时在等候，问一句：“你好些吗？”

又是一次小病后，在园中行走。忽觉绿色满眼，已为遮蔽炎热做准备。走到二月兰的领地时，不见花朵，只剩下绿色直连到松墙。好像原有一大张绚烂的色彩画，现在掀过去了，卷起来了，放在什么地方，以待来年。

我知道，春归去了。

在领地边徘徊了一会儿，忽然意识到二月兰的忠心和执着。从“春如十三女儿学绣”时，它便开花，直到雨僝风僽，春深春老。它迎春来，伴春在，送春去。古诗云“开到荼蘼花事了”，我始终不知荼蘼是个什么样儿，却亲见二月兰蓦然消失，是春归的一个指征。

迎春人人欢喜，有谁喜欢送春？忠心的、执着的二月兰没有推托这个任务。

促织，促织！

秋来了。

不知不觉间，秋天全面地到来了。

最初的信息还在玉簪花。那一点洁白的颜色仿佛把厚重的暑热戳了一个洞，凉意透了过来。渐渐地，鼓鼓的小棒槌花苞绽开了，愈开愈多，满院中弥漫着淡淡的香气。人走进屋内有时会问一句，怎么会这么香，是熏香还是什么？我们也答说，熏香哪有这样的气味，只是花香侵了进来罢了。花香晚间更觉分明，带着凉意。

一个夏天由着知了聒噪，吵得人恨不得大喝一声“别吵了”，也只能想想而已，谁和知了一般见识？随着玉簪花的色与香，夜间忽然有了清亮无比的鸣声，那是蟋蟀。叫叫停停，显得夜越发的静，又是一年一度虫鸣音乐会换演员的时候了。知了的呐喊渐渐衰微，终于沉默。蟋蟀叫声愈来愈多，愈来愈亮。清晨在松下小立，竹丛里、地锦间，都有不止一支小乐队，后来中午也能听到了。最传神、最有秋之意韵的鸣声是在晚间，似比白天的鸣声高了八度，很是饱满。狄更斯在《炉边蟋蟀》这篇小说里形容蟋蟀的叫声，“像一颗星星在屋外的黑暗中闪烁，歌声到最高昂时，音调里便会出现微弱的，难以描述的震颤”。小说中的男女主人公都喜欢这小东西，说炉边能有一只蟋蟀，是世界上最幸运的事。

我们的小歌者中最优秀的一位也是在厨房里。它在门边、炉边、碗柜边、水池边转着圈鸣叫，像要叫醒黑沉沉的夜，叫得真欢。叫到最高昂处似乎星光也要颤一颤。我们怕它饿了，撕几片白菜叶子扔在当地，它总是不屑一顾。

养蟋蟀有许多讲究，可以写几本书。我可无意此道，几十年前亲戚送的古雅的蛐蛐罐，早不知到哪里去了。我喜欢自然环境中蟋蟀的歌声，那是一种天籁，是秋的号角，充满了秋天收获的喜悦。

家人闲话时，常常说到家中的两个小淘气包——两只猫；说到一只小壁虎，它每天黄昏爬上纱窗捉蚊子，恪尽职守；说到在杂物棚里呼呼大睡的小刺猬，肚皮有节奏地一凸一凹，煞是好看。也说到蟋蟀，这小家伙，为整个秋天振翅长鸣，不惜用尽丹田之气。它的歌声使人燥热的梦凉爽了，使人凄清的梦温暖了。我们还讨论了它的各种名字：蟋蟀，俗名蛐蛐，一名蛩，一名促织。

“促织”这两个字很美，据说是模仿虫鸣声，声音似并不大像，却给人许多联想。促织，可以想到催促纺织，催促劳动，提醒人一年过去了大半，劳动成果已在手边，还得再接再厉。

《聊斋志异》中有《促织》一篇，写官府逼人上交蟋蟀，九岁孩童为了父母身家性命，魂投蟋蟀之身。以人的智慧对付虫，当然所向披靡。这篇故事不只写出以皇帝为首的统治者的暴虐荒唐，更写出了人的精神力量。生不可为之事，死以魂魄为之！这是一种执着奋斗、无畏无惧、山河为动、金石为开的力量。

近来，我非常不合潮流地厌恶“潇洒”这两个字。这两个字已被用得极不潇洒了，几乎成了不负责任的代名词。潇洒，得有坚实的根底，是有源有本，是自然而然的一种人格体现，不是凭空追求能得到的。晋人风流的底是真情，晚明小品空灵闲适的底是妙赏。没有底，只是哼哼唧唧自哀自怜，或刻意作潇洒状，徒然令人生厌。

听得一位教师说，她班上有一个学生既聪明又勤奋，决不浪费时间。她向别的同学推广，有些人竟嗤之以鼻，说："太牲了！"经过解释，才知道牲者畜生也，意思是太不像人了。

究竟怎样才像人？才是人？才能做与"天地参"的人？只是潇洒吗？只是好玩吗？

听听那小蟋蟀！它还在奋力认真地唱出自己的歌！

促织，促——织——

萤　火

点点银白的、灵动的光，在草丛中飘浮。草丛中有各色的野花：黄的野菊、浅紫的二月兰、淡蓝的“勿忘我”。还有一种高茎的白花，每一朵都由许多极小的花朵组成，简直看不清花瓣。它的名字恰和“勿忘我”相反，据说是叫作“不要记得我”，或可译作“勿念我”吧。在迷茫的夜中，一切彩色都失去了，有的只是黑黝黝一片。亮光飘忽地穿来穿去，一个亮点儿熄灭了，又有一个飞了过去。

若在淡淡的月光下，草丛中就会闪出一道明净的溪水，潺潺地、不慌不忙地流着。溪上有两块石板搭成的极古拙的小桥，小桥流水不远处的人家，便是我儿时的居处了。记得萤火虫很少飞近我们的家，只在溪上草间，把亮点儿投向反射着微光的水，水中便也闪动着小小的亮点，牵动着两岸草莽的倒影。现在看到动画片中要开始幻景时闪动的光芒，总会想起那条溪水，那片草丛，那散发着夏夜的芳香，飞翔着萤火虫的一小块地方。

幼小的我，经常在那一带玩耍。小桥那边，有一个土坡，也算是山吧。小路上了山，不见了。晚间站在溪畔，总觉得山那边是极遥远的地方，隐约在树丛中的女生宿舍楼，也是虚无缥缈的。那时白天常和游伴跑过去玩，大学生们有时拉住我的手，说："你这黑眼睛的女孩子！你的眼睛好黑啊！"

大概是两三岁时，一天母亲进城去了，天黑了许久，还不回来。我不耐烦，哭个不停。老嬷嬷抱我在桥头站着，指给我看桥那边的小道。"回来啦，回来啦——"她唱着。其实这完全不是母亲回来的路。夜未深，天色却黑得浓重，好像蒙着布，让人透不过气。小桥下忽然飞出一盏小灯，把黑夜挑开一道缝。接着又飞出一盏。花草亮了，溪水闪了。黑夜活跃起来，多好玩啊！我大声叫了："灯！飞的灯！"回头看家里，已经到处亮着灯了，而且一片声在叫我。我挣下地来，向灯火通明的家跑去，却又屡次回头，看那使黑夜发光的飞灯。

照说幼儿时期的事，我不该记得。也许我记得的，其实是后来母亲的叙述，或自己更人事后的心境吧。但那一晚我在桥头的景象，总是反复地、清晰地出现在我眼前，那黑夜，那划破了黑夜的萤火，以及后来的灯光。

长大了，又回到这所房屋时，我在自己的房间里便可以看到起伏明灭的萤火了。我的窗正对着那小溪。溪水比以前窄了，草丛比以前矮了，只有萤火，那银白的，有时是浅绿色的光，还是依旧。有时抛书独坐，在黑暗中看着那些飞舞的亮点，那么活泼，那么充满了灵气，不禁想到《仲夏夜之梦》里那些会吵闹的小仙子；又不禁奇怪这发光的虫怎么未能在《聊斋志异》里占一席重要的地位。它们引起多么远、多么奇的想象。那一片萤光后面的小山那边，像是有什么仙境在等待着我。但是我最多只是走出房来，在溪边徘徊片刻，看看墨色涂染的天、树，看看闪烁的溪水和萤火。仙境嘛，最好是留在想象和期待中的。

日子一天天热闹起来。新中国成立、毕业，几乎每个人都觉得自己在发光。我们是新中国成立后第三届大学生。毕业前夕，一个星光灿烂的夜晚，和几个好友，久久地坐在这溪边山坡上，望着星光和萤光。我们看准一棵树，又看准一个萤，看它是否能飞到那棵树，来卜自己的未来。几乎每一个萤火虫都能飞到目的地，因为没有飞到的就不算数。那时，我们的表格里无一不填着："坚决服从分配，到祖国最需要的地方去！"无论分到哪里，我们都会怀着对美好未来的向往扑过去的。星空中忽然闪了一下，是一颗流星划过了天空。据说流星闪亮时，心中闪过的希望是会如愿的，但我们谁也没有再想要什么。有了祖国，有了党，不就有了一切吗？我觉得重任在肩，而且相信任何重任我都担得起。难道还有比这种信心更使人兴奋、欢喜，使人感到无可比拟的幸福吗？虽然我知道自己很小，小得像萤火虫那样。萤火虫却是会发光的，使得黑夜也璀璨美丽，使得黑夜也充满了幻想。

奇怪的是，自从离开清华园，再也不曾见到萤火虫。可能因为再也没有住在水边了。后来从书上知道，隋炀帝在江都一带经营过"萤苑"，征集"萤火数斛"，为夜晚游山之用。这皇帝连萤火虫都不放过，都要征来服役，人民的苦难，更可想见了。但那"萤苑"风光，一定是好看的。因为那种活泼的光，每一点都呈现着生命的力量。以后无意中又得知萤火虫能捕食害虫，于农作物有益，不觉十分高兴。便想，何不在公园中布置个"萤苑"，为夏夜增光，让曾被皇帝拘来当劳工的萤火虫，有机会为人民服务呢。但在那"十年造劫"中，连公园都几乎被查封，那"萤苑"的构思，早就逃之夭夭了。

前几天，偶得机缘，和弟弟这个从小的同学往清华走了一遭。图书馆看去一次比一次小，早不是小时心目中的巍峨了。那肃穆的、勤奋的读书气氛依然，书库中的玻璃地板也还在，底层的报刊阅览室也还是许多人站着看报。弟弟说他常做一个同样的梦——到这里来借报纸。底层增了检索图书用的计算机，弟弟兴致勃勃地和机上人员攀谈，也许他以后的梦，要改变途径了。我的萤火虫却从未在梦中出现。行向小河那边时，因为在白天，本不指望看见萤火，但以为草坡上的“勿忘我”和“勿念我”总会显出颜色。不料看见的，是一条干涸的沟，两岸干黄的土坡，春雨轻轻地飘洒，还没有一点绿意。那明净的、潺潺的、不慌不忙流着的溪水，已不知何时流往何处了。我们旧日的家添盖了房屋，现在是幼儿园了。虽是假日，还有不少孩子，一个个转动着点漆般的眼睛看着我们。“你们这些黑眼睛的孩子！好黑的眼睛啊！”我不由得想。

事物总是在变迁，中心总要转移的。现在清华主楼的堂皇远非工字厅可比了。而那近代物理实验室中的元素光谱，使人感到科学的光辉，也是萤火虫们望尘莫及的。我们骑着车，淋着雨，高兴地到处留下校友的签名。从二十世纪一十年代到七十年代排过来的长桌前，那如同戴着雪帽般的白头发，那敦实可靠的中年的肩膀，那发亮的、润泽的皮肤和眼睛，俨然画出了人生的旅程。我认为，在这条漫长而又短促的道路上，那淡蓝和纯白的花朵，“勿忘我”和“勿念我”，是必不可少的。因为人世间，有许多事应该永远记得，又有许多事是早该忘却了。

但总要尽力地发光，尤其是在困境中。草丛中飘浮的、灵动的、活泼的萤火，常在我心头闪亮。

热　土

弯曲的石径从小山坡上伸延下去，坡上坡下，长满了茂密的树木，望去只觉满眼一片浓绿，连身子都染得碧沉沉的。坡底绿草如茵，这里那里，点缀着粉红、淡蓝的小喇叭花。石径穿过草地，又爬上对面的小山坡，消失在绿荫深处。微风掠过这幽深的谷底，清晨芬芳的空气沁人心脾。许久以来，我还是第一次来到这隐秘的所在。

这不是我儿时常来游玩的地方吗？对了。那四根白石柱本是藤萝架，曾经开满淡紫色的花朵，宛如一个大的幔帐。记得我和弟弟，还有几个小朋友一起，常在这里跑来跑去捉迷藏。而我们最喜欢的游戏是玩土。小山脚下石径旁，那一块地方土质松软，很像沙土，我们便常在这里进行大规模的建设，造桥、铺路、挖河……把土盖在手背上拍紧，然后慢慢抽出手来，便形成一个洞，还可以堆起土墙、土房。我们几乎天天要造一座城池呢。

那正是“七七事变”后不久，我们几个孩子住在姑母家，因为那时这里是教会学校，可以苟安一时。虽然我们每天只是玩，但在小小的心里也感到国破的厄运了。记得就在这藤萝架下，我给飞蚂蚁咬了一口，哭个不停。弟弟担心地拉着我的手吹着，一个大些的小朋友不耐烦了，说道：“这是什么大事，日本兵都打进来了！”

“他们来抢我们的土地吗？”我马上停住了哭，记起了这句大人说过的话。紧接着我就去抚摸我们经常抚摸的泥土，觉得土地是这样温暖，这样可亲可爱。我恨不得把祖国大地紧紧拥抱在胸怀之间，免得被人抢走。我生长在这里，我爱这树、这山、这泥土……我不觉坐在石径的最下一阶，抚摸着那绿草遮盖的土地，沉入了遐想。

我想起清华校门内的那条林荫道，夹道两行槐树。每年夏初，淡淡的槐花香，便预告着要有一批年轻人飞向祖国各地，去建设我们亲爱的祖国。记得我走上工作岗位那年，我们几个同学在那条路上徘徊了多少次！我们讨论怎样服从祖国的需要，怎样使自己成为一丝一缕，来为祖国、为人民、为革命织造锦绣前程！后来我们全班十一个同学一起写了一份决心书，其中有这样的话语："如果有不如意的时候，请不要跺脚！脚下的土地，埋藏着烈士的头颅，浸染着烈士的鲜血。我们没有权利惊扰他们，我们只有义务在他们为之献身的土地上，实现共产主义理想。"记得在大礼堂宣读这份决心书时，会场是那样安静，气氛是那样激动和热烈，每颗年轻的心都充满着建设祖国的美好愿望。会后，我走出礼堂，看到门前一片草坪，我又一次想拥抱祖国的土地。我要用每一分力量，使祖国的土地更加温暖……

下放劳动时，我亲耳听到一个公社书记也说了类似的话：我们脚下的土地非比寻常，"不要跺脚"。在村中住下了，我才知道确实有"热土"这两个字。我的房东大娘在抗日战争、解放战争中都是积极分子，她常说，这附近十几个村庄，多少里地，每一寸都有她的脚印。"连那桑干河的水波纹，都让我踩平了。"她的独生子没有大枪高就参了军，二十世纪五十年代末期在张家口地委工作，多次来信请娘去住。我就坐在大门前小凳上给老人家念过几次这样的信。大娘每次听过，总是怔怔地望着村外那一片果树林。村子居高临下，越过那一片雪白的花海，可以望见花林外面的桑干河，闪着亮光，正在滔滔流去。"热土难离呀！"大娘每次都喃喃地说，

“热土难离！”

热土难离！我们的泪水、血汗灌溉着它，怎能不热！我们的骨殖、身体营养着它，怎能不热！因为我们在这里度过了童年，在这里寄托着青年时代的梦想，我们还要永远安息在这里。因为这是我们的，我们自己的，我们自己的祖国的土地。

可是在二十世纪六十年代末期，一切过去的和将来的梦，一切美好的人为之生活、战斗的信念，都成为十恶不赦的罪行。正在建设的城池轰然倾倒，热土变成了废墟。那段沉重的日子，说不完写不尽，但有些记忆，也会随着岁月的流逝而淡漠的。可有一个说来平淡的现象，却使我永不能忘。由于各种原因，我好几个月不曾出城，一次终于来到这校园中看望年迈的父母，在经过几个宿舍楼时，感到气氛异常，两边楼顶上都横放着床板，后来知道那是武斗中的防御工事。行人经常来往的大路空荡荡的，到处扔着些破砖烂瓦。虽然阳光照得刺眼，却显得十分荒凉惨淡。不知是怎么回事，我踌躇良久，绕道而行。后来听人说，幸亏没有愣走过去，要是走过去，还不知道有怎样的下场！那时，无论怎样的下场，我都不在乎，但我却记住了那空荡荡点缀着碎砖石的路面，阳光照得刺眼。

以后我每想起这制造出来的空荡荡的荒凉惨淡，就想起我们的流着活水、开着鲜花的热土地，就想起要在这片热土上建设共产主义的热切心情，就想起幼年时怕失去祖国的恐惧。无论经过怎样的曲折艰险，我总觉得脚下的热土给我力量，无论怎么迷茫绝望，我从未失去对祖国的信念。

清晨和煦的阳光，从浓密的树荫间照了下来，可以看见一束束亮光里浅淡的白雾。雾气正在消散，一束光恰照在我儿时玩沙土的地方，这里是一片鲜嫩的绿色，我们那幼小的手建造起来的玩具城池，当然不复存在。但我们现在正用成年人的坚定的手，在祖国的热土上，建设着新的、各种各样的美好的城池。为了得到这建设的权利，我们付出过多少巨大的牺牲、多少锥心的痛苦、多少艰辛的劳动……

建设新的城池，当然也不会一帆风顺，说不定还需要血肉之躯来做基石。然而经过那惨重灾难的人民，永远不会束手无策，永远会有足够的勇气，来建设起崭新美好的一切一切，即或面对疾风骤雨、惊雷骇电！因为我们是站在亿万人民的血泪和汗水浇灌的热土上，是站在中华民族祖祖辈辈的身体、骨殖营养的热土上啊！

我离开这幽静的绿谷，慢慢走回家去，远远看见巍峨的图书馆门前，有一群群背着书包的年轻人在等候……

谁是主人翁

中华锦绣江山谁是主人翁？ 我们四万万同胞！快一致永久抵抗将仇报。家可破，国须保；身可杀，志不挠。一心一力团结牢，努力杀敌誓不饶！

旗正飘飘，马正萧萧，枪在肩，刀在腰，热血，热血似狂潮。旗正飘飘，马正萧萧，好男儿，好男儿，报国在今朝！

这两首抗日歌曲，前一首《抗敌歌》，后一首《旗正飘飘》，都是黄自作曲，黄自、韦瀚章作词。这是我在西南联大附中上学时，附中合唱团常唱的两首歌，也是我印象最深的两首歌。《抗敌歌》先由男低音发问："中华锦绣江山谁是主人翁？"大家一起回答："我们四万万同胞！""家可破，国须保；身可杀，志不挠。"后两句音调很高，大家都用力地唱，用心地唱，像在发出一个大誓愿。《旗正飘飘》唱时真觉得枪在肩，刀在腰，要奔赴沙场，杀尽日寇，还我河山。"好男儿，报国在今朝！"这是每一个中华儿女的责任。这两首歌其实就是一首歌，唱的是一种浩然之气，一种正气。每次唱时，和着响遏行云的歌声，常见一个个年轻的脸庞上沾满泪痕。我们终于获得胜利，结束了东藏西躲、颠沛流离的生活，回到了北平。但是想一想，有多少在战争中死去的同胞，成为望乡之鬼，永远不能回到自己的家乡。他们是四万万同胞中的一分子，或军或民，或为国英勇牺牲，或无辜遭受屠杀，他们都是值得纪念的。

近年来，黄自的这两首歌很少唱了，连音乐学院的有些年轻人对它也很恍惚。我非常想再听到那雄壮的歌声，乃向朋友们建议组织一台抗战歌曲音乐会，每年唱一唱。不知能否做到。常唱的歌总会随时代而变化，它却是我心中永恒的记忆。

不管经过多少曲折，我们民族的那种正气，曾经凭借千百万仁人志士传递的，飘扬在歌声中的浩然之气，总会传下去。

“中华锦绣江山谁是主人翁？”现在我们的回答应该是：我们十二亿同胞！我们是吗？我们是主人翁吗？我们尽了多少义务，我们又有多少权利？铁马金戈中的歌声提醒我们，要做主人翁！要把这个答案做好。

西湖漫笔

平生最喜欢游山逛水。这几年来，很改了不少闲情逸致，只在这山水上头，却还依旧。那五百里滇池粼粼的水波，那兴安岭上起伏不断的绿沉沉的林海，那开满了各色无名的花儿的广阔的呼伦贝尔草原，以及那举手可以接天的险峻的华山……曾给人多少有趣的思想，曾激发起多少变幻的感情。一到这些名山大川异地胜景，总会有一种奇怪的力量震荡着我，几乎忍不住要呼喊起来："这是我的伟大的、亲爱的祖国——"

然而在足迹所到的地方，也有经过很长久的时间，我才能理解、欣赏的。正像看达·芬奇的名画《蒙娜丽莎》，我曾看过多少遍，看不出她美在哪里；在看过多少遍之后，一次又拿来把玩，忽然发现那温柔的微笑，那嘴角的线条，那手的表情，是这样无以名状的美，只觉得眼泪直涌上来。山水，也是这样的，去上一次两次，可能不会了解它的性情，直到去过三次四次，才恍然有所悟。

我要说的地方，是多少人说过写过的杭州。六月间，我第四次去到西子湖畔，距第一次来，已经有九年了。这九年间，我竟没有说过西湖一句好话。发议论说，论秀媚，西湖比不上长湖天真自然，楚楚有致；论宏伟，比不上太湖，烟霞万顷，气象万千——好在到过的名湖不多，不然，不知还有多少谬论。

奇怪得很，这次却有着迥乎不同的印象。六月，并不是好时候，没有花，没有雪，没有春光，也没有秋意。那几天，有的是满湖烟雨，山光水色俱是一片迷蒙。西湖，仿佛在半醒半睡。空气中，弥漫着经了雨的栀子花的甜香。记起东坡诗句："水光潋滟晴方好，山色空蒙雨亦奇。"便想，东坡自是最了解西湖的人，实在应该仔细观赏领略才是。

正像每次一样，匆匆地来，又匆匆地去。几天中我领略了两个字，一个是"绿"，只凭这一点，已使我流连忘返。雨中去访灵隐，一下车，只觉得绿意扑眼而来。道旁古木参天，苍翠欲滴，似乎飘着的雨丝儿也都是绿的，飞来峰上层层叠叠的树木，有的绿得发黑，深极了，浓极了；有的绿得发蓝，浅极了，亮极了。峰下蜿蜒的小径，布满青苔，直绿到了石头缝里。在冷泉亭上小坐，直觉得遍体生凉，心旷神怡。亭旁溪水琤琮，说是溪水，其实表达不出那奔流的气势，平稳处也是碧澄澄的，流得急了，水花飞溅，如飞珠滚玉一般，在这一片绿色的影中显得分外好看。

西湖胜景很多，各处有不同的好处，即便一个绿色，也各有不同。黄龙洞绿得幽，屏风山绿得野，九溪十八涧绿得闲……不能一一去说。漫步苏堤，两边都是湖水，远水如烟，近水着了微雨，也泛起一层银灰的颜色。走着走着，忽见路旁的树十分古怪，一棵棵树身虽然离得较远，却给人一种莽莽苍苍的感觉，似乎是从树梢一直绿到了地下。走近看时，原来是树身上布满了绿茸茸的青苔，那样鲜嫩，那样可爱，使得绿茵茵的苏堤，更加绿了几分。有的青苔，形状也很有趣，如耕牛，如牧人，如树木，如云霞，有的整片看来，布局宛若一幅青绿山水。这种绿苔，给我的印象是坚忍不拔，不知当初苏公对它们印象怎样。

在花港观鱼，看到了又一种绿，那是满地的新荷。圆圆的绿叶，或亭亭立于水上，或婉转靠在水面，只觉得一种蓬勃的生机，跳跃满池。绿色，本来是生命的颜色。我最爱看初春的杨柳嫩枝，那样鲜，那样亮，柳枝儿一摆，似乎蹬着脚告诉你：春天来了。荷叶则要持重一些，到初夏则更显成熟，但那透过活泼的绿色表现出来的茁壮的生命力，是一样的。再加上叶面上的水珠儿滴溜溜滚着，简直好像满池荷叶都要裙袂飞扬，翩然起舞了。

从花港乘船而回，雨已停了。远山青中带紫，如同凝住了一段云霞。波平如镜，船儿在水面上滑行，只有桨声欸乃，愈增加了一湖幽静。一会儿，摇船的姑娘歇了桨，喝了杯茶，靠在船舷，只见她向水中一摸，顺手便带上一条欢蹦乱跳的大鲤鱼。她自己只微笑着一声不出，把鱼甩在船板上，同船的朋友看得入迷，连连说：这怎么可能！上岸时，又回头看那在浓重暮色中变得无边无际的白茫茫的湖水，惊叹道：真是个神奇的湖！

我们整个的国家，不是也可以说是神奇的吗？我这次来领略到的另一个字，就是“变”。和全国任何地方一样，隔些时候去，总会看到变化，变得快，变得好，变得神奇。都锦生织锦厂在我印象中，是一个狭窄的旧式的厂子。这次去，走进一个花木葱茏的大院子，我还以为找错了地方。技术上、管理上的改进和发展就不用说了。我看到织就的西湖风景，当然羡慕其织工精细，但却想，怎么可能把祖国的锦绣河山织出来呢？不可能的。因为河山在变，在飞跃！最初到花港时，印象中只是个小巧曲折的园子，四周是一片荒芜。这次却见变得开展了，加上好几处绿草坪，种了许多叫不上名字来的花和树，顿觉天地广阔了许多，丰富了许多。那在新鲜的活水中游来游去的金鱼们，一定会知道得更清楚吧。据说，这一处观赏地带原来只有二亩，现在已有二百一十亩。我和数字是没有什么缘分的，可是这次我却深深记住了。这种修葺，是建设中极其次要的一部分，从它，可以看出更多的东西……

更何况西湖连性情也变得活泼热闹了，星期天，游人泛舟湖上，真是满湖的笑，满湖的歌！西湖的度量，原也是容得了活泼热闹的。两三人寻幽访韵固然好，许多人畅谈畅游也极佳。见公共汽车往来运载游人，忽又想起东坡在密州出猎时写的一首《江城子》:“老夫聊发少年狂，左牵黄，右擎苍，锦帽貂裘，千骑卷平冈。”想来他在杭州，当有更盛的情景吧？那时是“倾城随太守”，这时是每个人在公余之暇，来休息身心，享山水之乐。这热闹，不更千百倍地有意思吗？

希腊画家亚伯尔曾把自己的画放在街上，自己躲在画后，听取意见。有一个鞋匠说人物的鞋子画得不对，他马上改了。这鞋匠又批评别的部分，他忍不住从画后跑出来说，你还是只谈鞋子好了。因为对西湖的印象究竟只是浮光掠影，这篇小文，很可能是鞋匠的议论，然而心到神知，想西湖不会怪唐突吧？

湖 光 塔 影

从燕园离去的人，难免沾染些泉石烟霞的癖好。清晨在翠竹下读书，黄昏在杨柳岸边散步，习惯了，自然觉得燕园的朝朝暮暮，和那一木一石融在一起，难以分开。在诸般景色中，最容易萦绕于人们心头的，大概是那湖光塔影的画面了。但若真把这幅画面落到纸上，究竟该怎样着笔，我却想不出。

小时候，常在湖边行走。只觉得这湖水真绿，绿得和岸边丛生的草木差不多，简直分不出草和水、水和草来；又觉得这湖真大，比清华的荷花池大多了。要不然怎么一个叫池，一个叫湖呢。对面湖岸看来不远，但可要走一会儿，不像荷花池一跑便是一圈。湖中心有一个绿色的小岛，望去树木葱茏，山石叠翠。岛东有一条白色的石船，永恒地停在那里。虽然很近，我却从未到过岛上，只在岸边看着鱼儿向岛游去，水面上形成一行行整齐的波纹。“鱼儿排队！”我想。在梦中，我便也加入鱼儿的队伍，去探索小岛的秘密。

一晃过了几十年，这里经过了多少惊涛骇浪。我在经历了人世酸辛之余，也已踏遍燕园的每一个角落，领略了花晨月夕，四时风光。未名湖，湖光依旧。那塔，应该是未名塔了，但却从没有人这样叫它。它矗立在湖边，塔影俨然。它本是实用的水塔，建造时注意到为湖山生色，仿照了通州十三层宝塔的式样。关于通州塔，有许多优美的传说故事，而这未名塔最让人难忘的，只是它投在湖水上的影子。晴天时，岸上的塔直指青天，水中的塔深延湖底。湖水一片碧绿，塔影在湖光中，檐角的小兽清晰可辨。阴雨时，黯云压着岸上的塔，水中的塔也似乎伸展不开。雨珠儿在湖面上跳落，泛起一层水汽。塔影摇曳了，散开了，一会儿又聚在一起，给人一种迷惘的感觉。雾起时，湖、塔都笼罩着一层层轻纱。雪落时，远近都覆盖着从未剪裁过的白绒毡。

月夜在湖上别有一番情调。湖西岸有一座筑有钟亭的小山，山侧有树木、草地和一条小路。月光在这儿，多少有些局促。循小路转过山角，眼前忽然一亮，只见月色照得一片通明，水面似乎比白天宽阔了许多，水波载着月光不知流向何方。但那北岸树丛中的灯火，很快显示了湖岸的线条，透露了未名湖的秀雅风致。行近岸边，长长的柳丝摇曳着月色湖光。水的银光下是挺拔的塔影，天的银光下是挺拔的塔身。湖中心的小岛蓊蓊郁郁，显得既缥缈又实在。这地面上留住的月光和湖面上的不同。湖面上的闪烁如跃，如同乐曲中轻盈的拨弦；地面上的迷茫空灵，恰似水墨画中不十分均匀的笔触。

循路东行到一座小石桥边，向右折去，是一潭与未名湖相通的水。水面不大，三面山坡，显得池水很深。山坡上树木茂密，水边石草杂置。月光从树中照进幽塘。水中反射出冷冷的光，真觉得此时应有一只白鹤从水上掠过，好为那“寒塘渡鹤影，冷月葬诗魂”的诗句做出图解。

又是清晨的散步。想是因为太早，湖畔阒寂无人，只有知了已开始一天的喧闹。我在小山与湖水之间徐行，忽然想起，这山上有埃德加·斯诺先生的遗骨，我此时并不是一个人在这里。斯诺墓已经成为未名湖畔的一个名胜了。简朴的墓碑上刻着“中国人民的美国朋友”的字样。这墓地据说原是花神庙的遗址。湖边上，正在墓的迎面，有一座红色的、砖石筑成的旧庙门，那想是原来的庙门了。我想，中国的花神会好好照看我们的朋友。而朋友这个名词所表现的深厚情谊，正是我们和全世界人民关系的内涵。

站在红门下向湖中的岛眺望，那白石船仍静静地停泊在原处，树木只管各自绿着。但这几年，在那浓绿中，有一个半球状的铁网样的东西赫然摆在那里，仰面向着天空。那是一架射电天文望远镜，用来接收其他星体的电波。有的朋友认为它破坏了自然的景致，我却觉得它在湖光塔影之间，显示出人类智慧的光辉。儿时的梦在我眼前浮起，我要探索的小岛的奥秘，早已由这架望远镜向宇宙公开了。

沉思了片刻，未名塔的背后已是一片朝霞。平日到这时分，湖边的人会渐渐多起来。有人跑步，有人读书，整个湖上充满了活泼的生意。这时却只有两个七八岁的小学生在我旁边，他们不知从何时起，坐在岸石上，聚精会神地观察水里的鱼。我想起现在已经放暑假了，孩子才有时间清早在水边流连。

“看！ 鱼！ 鱼排队。”他们高兴地大叫大嚷，一面指着水面上整齐的一行行波纹，波纹正向小岛行去。

“骑鱼探险去吧？”我不由得笑问。

“你怎么知道？”他们冲我眨眼睛，又赶快去盯住大鱼。我不只知道这个，还知道这小岛的奥秘早已不在孩子们话下，他们的梦，应该是探索宇宙的奥秘了。

我怕打扰他们，便走开了。信步来到大图书馆前。这图书馆真有北京大学的气派。四层楼顶周围镶嵌的绿琉璃瓦在朝阳的光辉里闪闪发亮，正门外有两大片草地，如同两潭清浅的池水。凸出的门廊阶下两长排美人蕉正在开放，美人蕉后是木槿树，雪青、洁白的花朵缀在枝头。馆门上高悬“北京大学图书馆”七个挺秀的大字。这里藏书三百二十万册，有两千多个座位，还是终日座无虚席。平时，每天清晨，总有许多人在门前等候。有几次，这些年轻人别出心裁，各自放下装得鼓鼓的书包，由书包排成了长长的队伍。书包虽不像鱼儿会游泳，但却引导人们在知识的活水中得到营养，一步步攀登高峰。这些年轻人中的一部分已经奔向祖国的四面八方，用学得的知识从事建设了。今后，还会有更多的年轻人来这里学习，汲取知识的活水。

这时，我虽不在未名湖畔，却想出了一幅湖光塔影图。湖光、塔影，怎样画都是美的，但不要忘记在湖边大石上画出一个鼓鼓的半旧的帆布书包，书包下压着一纸我们伟大祖国的色彩绚丽的地图。

爬　山

我喜欢爬山。

山，可不是容易亲近的，得有多少机缘凑合，才能来到山的脚下。谁也不能把山移到家门前。它不像书，无论内容多么丰富高深，都可以带来带去，枕边案上，随时可取。置身于山脚，才是看到书的封面，或瑰丽，或淡雅，或雄伟，或玲珑，在这后面蕴藏着不可知。若要见到每一页的景象，唯一的办法，是一步步走。

山是老实的。山也喜欢老实的、一步一步走着的人。

我们开始爬山。路起始处有几户人家，几棵大树，一点花草，点缀着这座光秃秃的山。向上伸展着的路，黄土白石，很是分明。到了一定的高度，便成为连续不断的之字形，从这面山坡转过去，不知通向哪里。

“云水洞在哪儿？”侄辈问村舍边的老汉。

“在那后面。”老汉仰首指着邻近山峰上的三根电线杆，“还在那杆后面。”他看看我们，笑道：“上吧！”

山路不算险，但因没有修整，路面崎岖，很难行走。我爬到半山腰，已觉气喘吁吁。转身不需要仰首，便见对面山上云雾缭绕，山脚的几户人家，也消失在那一点绿荫中了。

“能上去吗？”家人问。

当然能的。我们略事休息，继续攀登。又走了一段，我心跳，头也发涨，连忙摸摸衣袋中的硝酸甘油，坐了下来。“不去了，好吗？”家人又问。

当然要去的！只要多休息，从容些就行。我们逐渐升高，山顶越来越近了。

已经有下山的人，他们是从另一侧上去的。“还有多远？”上山的人总爱问。“不远了，快一半了。”“值得看，那洞像天文馆一样。”下山的人说。在同一条山路处，互不相识的人总是互相关心，互相鼓励的。虽然在人生的道路上，并不尽然。

转过了山头，便是下坡路了。可以看见对面山头上的三根电线杆，而无须仰首了。这山头后面的山腰中有两间小屋，一前一后。“那里就是了！”有人叫起来。大家为之精神一振，人们加快了脚步。我还是一步步有节奏地走着。山坳里不再光秃秃，森然的树木送来清凉的空气。走着走着，深深的山谷中忽然出现一堵高大的断墙，巨石一块块摞着，好像随时会倒下来。不知经过了多少年月，多少水流风力和地壳变化，叠成了这堵墙。这倒有点像黄山的景色。我忽然想起，去年今日，我正在黄山的云海中行走。

对云水洞的向往阻止了关于黄山的回忆，我们终于到了。一路风景平淡，洞外更像个集市，乱哄哄都是人。洞里会怎样？因为谁也不曾到过这类的洞，大家都很兴奋。进洞了，甬道不宽，地上湿漉漉的，洞顶也在滴水。灯光很弱，显得有些神秘。

前面的人忽然发出一阵惊叹之声，我们进入了一个大厅堂。头上是一个大圆顶，这样的高大！似乎山也没有这样高。“那么山是空的了。”谁说了一句。我们还没有来得及惊叹，灯光灭了，眼前漆黑一片，惊叹声变作惋惜的叹声。如果罩住我们的穹隆能像天文馆的圆顶，发出光来就好了。没有光，什么也看不见。我觉得头上便是黑夜的天空本身，亿万年前便笼罩着大地的天空本身，而我们是在山的内部！人流向前进了，我们模糊地觉得有几块大石，矗立在路边。卧虎？

翔龙？ 还是别的什么？ 只好想象。有的时候，身在现场也需要想象的。

我们看到石的帐幔，又是这样高大！ 像是它撑住了黑色的天空。看到洞顶垂下的石钟乳，如同小小的瀑布；听讲解员敲了几下石鼓、石钟，鼓声浑厚，钟声清亮，却不知它们的形状。看得最清楚的，是路边的一只骆驼。它站在那里，不知有几千万年了。第五厅较小，身旁石壁上缀满了闪亮的雪花，头顶垂着一穗穗玉米，不知出自哪一位能工巧匠之手。等我们赶到第六厅——最后一厅时，看到了一座座玲珑剔透的山峰，在明亮的灯光下，宛如仙境，据说这里有十八罗汉像。又是正要惊叹时，灯倏地灭了，只好慨叹缘悭，不得识罗汉面。但是得睹仙山，也算是到了西天吧。

限于时间，不能等下一次开灯。虽然只匆匆一瞥，那宏伟、那奇特、那黑暗都留在了我的眼前。回来的路上，大家仍兴奋地谈说，只因没有看全，稍有些遗憾。我却满意，因为这番见识，是靠一步步走，才得到的。

我们又一步步下了山。山脚的老汉在路边摆出许多块上水石。他问："上去了？"我对他笑。要知道，比这高得多的山我也上去了呢，无非一步步走而已。

车上人都睡了。我不由得又想起黄山上的那几天。那一次医生原不批准我上山，见我心诚，才勉强同意。我也准备半途而废的。到慈光阁的路上，只是一般山景，已经累了。上了庙后的从容亭，忽觉豁然开朗，远处的大谷，露出宽阔的石壁，如同敞开胸怀，欢迎每一个来客。小路便沿着这雄伟的山谷，向上，向上，消失在云雾中。谁能在这里止步呢？而且那“从容”两字用得多好！

到半山寺，我已抬不起脚。猛抬头，看见天都峰顶的金鸡，是那样惟妙惟肖，顿时又有了力气。“上来吧！ 上来吧！”它在叫天门，也在召唤远方的陌生人。走吧，走吧，一步步从容地走，终究会到的。

上得蟠龙坡，才真算到了黄山。从这里开始，上下完全是两个世界。从坡顶远望，每一座山，都好像各自从地下拔起，不慌不忙地高耸入云。我恍然大悟，黄山，原是个大石林。站在没有遮拦的坡顶，罡风吹走了下界的一切烦恼，奇丽的景色涤荡着心胸，只觉得眼前这般开阔，心上了无牵挂，毫无纤尘，真如明镜台了。怪不得庙宇、庵、观都选在奇峰异壑，才能修身养性呢。

记得在玉屏楼那晚，本想出来看月的。前两天汤溪的夜，真是月明如洗。只是房中人太多，我在最里面，走不出来。只好从一个狭窄的窗中，对着黑黝黝的大石壁，想象着月下的群山怎样模糊了轮廓，而群山上的月，又是怎样格外明亮，格外皎洁。

半途而废的计划取消了。我继续一步一步向上爬。忽见远处一片明亮的水，中间隐现城池，我以为那是“人寰处”了。被问的人大笑，说那便是著名的云海，只可惜浅了些，所以露出些峰峦。我坐定了观赏，见它波涛起伏，真像大海一般，但它究竟是云，看上去虚无缥缈，飘飘荡荡，与大海的丰富沉着，是两般风味。黄山是山，山中划分区域，以海为名，最初想到这样命名的，也算是聪明人了。

我一步步走着。看那大鳌鱼，那样大，那样高，那样远。我终于钻进了它的腹中，又从嘴里出来了。我在平天矼上漫步，在东海门流连。我走的是现成的路，是别人一步步走出来的现成的路。徐霞客初到黄山时，是用锄凿冰，凿出一个坑，放上一只脚。如果在现成的路上还不能走，未免惭愧。当然，若是无心山水，当作别论。

我登上了始信峰，那是我登山的最终极处。这峰较小，却极秀丽，只容一人行走的窄石桥下，深渊无底。远看石笋矼，真如春笋出土，在悄悄地生长。峰顶是一块大石，石上又有石，我没有想到，上面又写着“从容”二字。

我从容地下了山。因为未上天都，有人为我遗憾。想来我虽不肯半途而废，却肯适可而止，才得以从容始，又以从容终。

后来一直想写一段关于黄山的文字，又怕过于肤浅，得罪山灵。不料从小小上方山的浮光掠影中联想到去年今日。无论怎样的高山，只要一步步走，终究可以达到山顶的。到达山顶的乐趣自不必说，那一步步走的乐趣，也不是乘坐直升机能够体会到的。

于是又想到把写文章比作爬格子的譬喻。林黛玉有话：还得一笔笔地画。薛宝钗评论说：这话妙极了，不一笔一笔地画，可怎么画出来呢？ 文章也是一个字一个字写的，不在格子上爬，可怎么写出来呢？

不一步步爬，可怎么上山呢？

我喜欢爬山。

三峡散记

我所见的三峡，从中峡巫峡始。

船从汉口开。那一天天色灰蒙蒙的，水色也灰蒙蒙的。在一片灰蒙蒙之间，长江大桥平静稳重地跨在龟蛇二山上，古色古香的黄鹤楼和现代化的二十层的晴川饭店遥相对峙。水面上忽然闪出一道亮光，摇着、跳着，往船头方向漾开去，一直到大桥那一边。原来云层里透出小半个灰白的太阳来。

船开了，追着水面跳荡的远去的阳光开行了。

大桥看不见了。两岸房屋越来越少，江面越来越宽，有一道绿边围着。极目前方，出口很窄，水天相接，长江从窄窄的天上流过来。等船驶近，原来也是十分宽阔。窄窄的水天相接的出口又移到远处了，于是又向前去穿过那窄的出口。

船行的次日中午过沙市，约停四五个小时又起锚。直到黄昏，还是原野平阔，江流浩荡，暮色中更显得浑重。我想不出三峡是怎样开始的，便去问过来人。据说山势逐渐高起，过了宜昌才见分晓。日程表上写明第三日七时左右到下峡西陵峡，尽可放心休息。

半夜两点多钟，一阵喧闹的人声、哨声和拖铁链的声音把我惊醒。从窗中看出去，只见一堵铁壁挡在眼前，几乎伸手便可摸到。“到葛洲坝了！”我猛省，连忙起身出房。只见甲板上灯火辉煌，我们的船在船闸里。上下四层的船不及闸墙三分之一高，抬头觉得闸顶很远，那一块黑漆漆的天空更远。人们从船头走到船尾，又从船尾走到船头，互相招呼：“要放水了！”“要开闸了！”据说闸门每扇有两个篮球场大。等到船闸停满了船只，便开始放水。眼看着我们的船向上浮升，一会儿工夫，已不用仰望闸顶，只消平视了。紧接着闸门缓缓打开，“扬子江”号破浪前行，黑夜间，觉得风声水声灌满两耳。站在船尾看时，璀璨的葛洲坝灯火渐渐远去，终于消失在黑暗里。我心中充满了对人——我的同类的无限敬仰之情。只因有了人，万物之灵长的人，万物本身，包括这日夜奔腾不息的长江，才有各自的意义。

我自己却是愚蠢之物，过分相信日程表，以为离七点钟尚早，便又回房。等我再出来时，两岸有丘陵起伏，满心以为要到三峡了，不想伙伴们说：“西陵峡已经过了！屈原和昭君故里都过了！”

我好懊恼。“百里西陵一梦中。”我说。

可是没有时间懊恼或推敲诗句。船左舷很快出现一座山城，古旧的房屋依山势而建，层层叠叠，背倚高山，下临江水，颇觉神秘。这是寇莱公初登仕途，做县令的地方。大江东流，沿岸哺育了多少俊杰人物，有名的和无名的，使人在山水草木城郭之间总有许多联想。不只是地理的，而且是历史的，这是中国风景的特色。

天还是灰蒙蒙的，雨点儿在空中乱飞，据说这是标准的巫峡天气。我们在云雾弥漫中向前行驶，忽然面前出现两座奇峰，布满树木，呈墨绿色。江水从两山间流来，两山后还有山，颜色淡得多，披云着雾。江水在这山前弯过去了，真不知里面有多深多远！这就是巫峡东口了，只觉得一派仙气笼罩着山和水。人们都很兴奋，山水却显得无比的沉静，像一幅无言的画，等待人走进去。

船进入巫峡，江流顿时窄了许多。两岸峭壁如同刀削，插在水里。浑浊泥黄的江水形成一个个小旋涡，从船两边退去，分不清水究竟向哪个方向流。面前秀丽的山峰截断了江流，到山前才知道可以绕过去。绕过去又是劈开的两座结构奇特的山峰，峰后云遮雾掩，一座座峰颜色越来越淡，像是墨在纸上渗了开来。大家惊异慨叹，不顾风雨，倚在栏边，眼睛都不敢眨一眨。我望着从船旁退去的葱葱郁郁的高山，真想伸手摸一摸。这山似乎并不比船闸远多少。

据说神女峰常为云雾遮蔽，轻易不肯露面，人们从上船起便关心是否有缘得见。抬头仰望，只觉得巉岩绝壁压顶而来，令人赞叹之间不免惶悚。一个个各种名目的峡过去了，奇极了，也美极了。冷风挟着雨滴和山水一起迎接我们的船。“快看，快看！”大家互相指着叫着。“看到了！看到了！”看到的舒一口气，没看到的懊丧地继续伸长脖子。

我看到了。我早就知道神女会见我的。那山峰本来就峻峭秀奇，在云雾中似乎有飞腾之势。就在峰顶侧，站着一个窈窕女子，衣袂飘飘，凝神远望。怎能相信她是块石头！再一想，她本是块石头，多亏了人，才化为仙女，得万人瞻仰；才有她的事迹，得千古流传。薄薄的淡灰色的云纱缠绕着仙女和峰顶，云和山一起移动，人们回头看，再回头看，看不见了。

快到巫山时，一只货船自上游疾驶而下，船上人大声喊着，听起来像歌一样萦绕在峡谷中。临近时才听清他喊的是：“道谢了！ 道谢了！”原来是大船为免小船颠簸，放慢了速度。

“道谢了！ 道谢了！”喊声随着船远去了。忽然想起《水经注》上对巫峡的总结：“巴东三峡巫峡长，猿鸣三声泪沾裳。”现在没有猿啼了，却有人的喊声在峡谷中撞击，充满了和自然搏斗的欢乐。

过了巫山县，驶过黛溪宽谷，便是上峡瞿塘峡。上峡只有八公里，仍是高山重嶂断岸千尺，很是雄浑壮伟，只不如中峡灵秀。出夔门时，据说滟滪堆就在脚下，还有传说为八阵图的礁石也炸掉了。人，当然是要胜过石头的。

五月四日上午到重庆。距一九四六年过此地，已是三十九年了。当时全家六人，如今只余其半。得诗一首志此：“四十年前忆旧游，曾怀夙约在渝州。雾浓山转疑无路，月冷波回知有秋。似纸人情薄不卷，如云往事散难收。恸哭几度服缟素，销尽心香看白头。”

这里不仅是物是人非，物也大大变迁了。夜晚在码头候船，江中也有万家灯火，大小船只密密麻麻，好一派热闹气象。这晚皓月当空，距上次见此山城月，已近五百回圆了。

五日从重庆返回，顺江而下。次日上午到奉节停泊，由一小汽船带一条座船，载我们到上峡中风箱峡看纤道。小船行驶在长江里，两岸的山显得格外高，直插入云，水中旋涡急转，深不可测。船行近一座峭壁，只见山侧有一道凹进去的沟，那就是从前的纤道了。《水经注》载，过三峡下水五日，上水百日，可见其难。二十世纪五十年代初上水还需半个月，也是人力为主。登石阶数百，我们站在纤道上，头顶山崖几乎不能直立。想当初拉纤人便是这样弯着身子逆水拖船的。此时我们没有了船的支撑，山势更显雄伟，脚下急流滚滚，真觉得个人不过渺如沧海一粟。从峡口望进去，可以看到六层山色，最近的是黄，然后是深绿、绿、蓝灰、灰和在江尽处天下边的灰白，灰白后似乎还有什么，每个人可以自己在想象里补充。

我忽然想跳进江去，当然没有实行。其实真有机会一亲长江流水时，是绝不肯的。

回去时，小船正驶在江心，上游飞快地下来了一只货船。船上人高声喊着，还是唱歌一样。忽然一声巨响，小船猛地歪了一下，许多人跌倒了，有的人头上碰出血来。两边船上都惊呼，又有人喊话，寂静的江心一时好不热闹。原来那货船把小汽船和我们的座船之间的缆绳撞断了。那货船仍在喊话，顺着急流转眼就不见了，下水船是停不住的。我们的座船在江心滴溜溜乱转，我正奇怪它到底要往哪边行驶，忽然发现它不能开，只能随旋转的水而旋转，不免心向下一沉。幸亏小汽船及时抛过缆绳，很快调整好了，平安驶回“扬子江”号。回船后大家都有些后怕，座船上没有任何工具，若冲下去，只有撞在礁石上粉身碎骨了。想来江流吞没的英雄好汉，不在少数。

而吞没的尽管吞没了，几千万年如水流去。人渐渐了解了江河，然而究竟又了解多少呢？

船在奉节停泊了一夜，七日晨又进了三峡。水急船速，中午时分已到了下峡。我因上水时错过了，便一直守在船栏边。一般的说法是上峡雄，中峡秀，下峡险。近年来下峡的巨石险滩多已除去，并无特别险阻之处了。眼前是叠峦秀峰，可以引出各种想象。不可仰视的断岸绝壁上有着斑斓的花纹，有的如波浪，有的如山峦，有的如大幅抽象派的画。繁复的线条和颜色，气势逼人，不可名状。这可以说是西陵峡的特色吧，但是我想不出一个准确的字来概括。大幅绝壁上面是葱葱郁郁的山巅，据说山巅上平野肥沃，别有天地。山水奇妙，真不可思议。

船过秭归、香溪，是屈原、昭君故里。滚滚长江，每一段都有中华民族可歌可泣的历史遗迹，以“扬子江”号的速度，怀古都来不及。而我们的绝才绝色都出于此，也是天地灵秀之所钟了。香溪水斜插入江，颜色与江水截然不同。一青一黄，分明得很。世事滔滔，总有人是在“独醒”的。其实，对于“世事洞明皆学问，人情练达即文章”这两句话，我倒是很佩服。

船驶出西陵峡口，顿觉天地一宽。见峡口两峰并不很高大，这是因葛洲坝使水位提高了。峡口山上有亭台，众人如蚁行其上，显然是一公园。远见大堤拦截，各种横杆竖线，我们又回到了红尘。

峡口两山老实地站在江中，船仍随水东流。我和我的记忆，也随船漂远了。

废墟的召唤

冬日的斜阳无力地照在这一片田野上。刚是下午，清华气象台上边的天空，已显出月牙儿的轮廓。顺着近年修的柏油路，左侧是干皱的田地，看上去十分坚硬，这里那里，点缀着断石残碑。右侧在夏天是一带荷塘，现在也只剩下冬日的凄冷。转过布满枯树的小山，那一大片废墟呈现在眼底时，我总有一种奇怪的感觉，好像历史忽然倒退到了古希腊罗马时代。而在乱石衰草中间，仿佛该有着妲己、褒姒的窈窕身影，若隐若现，迷离扑朔。因为中国社会出奇的“稳定性”，几千年来的传统一直到那拉氏，还不中止。

这一带废墟是圆明园中长春园的一部分，从东到西，有圆形的台，长方形的观，已看不出形状的堂和小巧的方形的亭基。原来都是西式建筑，故俗称西洋楼。在莽苍苍的原野上，这一组建筑遗迹宛如一列正在覆没的船只，而那丛生的荒草，便是海藻，杂陈的乱石，便是这荒野的海洋中的一簇簇泡沫了。三十多年前，初来这里，曾想，下次来时，它该下沉了吧？它该让出地方，好建设新的一切。但是每次再来，它还是停泊在原野上。远瀛观的断石柱，在灰蓝色的天空下，依然寂寞地站着，显得四周那样空荡荡，那样无依无靠。大水法的拱形石门，依然卷着波涛。观水法的石屏上依然陈列着兵器甲胄，那雕镂还是那样清晰，那样有力。但石波不兴，雕兵永驻，这蒙受了奇耻大辱的废墟，只管悠闲地、若无其事地停泊着。

时间在这里，如石刻一般，停滞了，凝固了。建筑家说，建筑是凝固的音乐。建筑的遗迹，又是什么呢？凝固了的历史吗？看那海晏堂前（也许是堂侧）的石饰，像一个近似半圆形的容器，年轻时，曾和几个朋友坐在里面照相。现在石“碗”依旧，我当然懒得爬上去了，但是我却欣然。因为我的变化，无非是自然规律之功罢了，我毕竟没有凝固。

对着这一段凝固的历史，我只有怅然凝望。大水法与观水法之间的大片空地，原来是两座大喷泉，想那水姿之美，已到了标准境界，所以以“法”为名。西行可见一座高大的废墟，上大下小，像是只剩了一截的、倒置的金字塔。悄立“塔”下，觉得人是这样渺小，天地是这样广阔，历史是这样悠久。

路旁的大石龟仍然无表情地蹲伏着，本该竖立在它背上的石碑躺倒在土坡旁。它也许很想驮着这碑，尽自己的责任吧？风在路另侧的小树林中呼啸，忽高忽低，如泣如诉，仿佛从废墟上飘来了“留——留——”的声音。

我诧异地回转身去看了。暮色四合，方外观的石块白得分明，几座大石叠在一起，露出一个空隙，像要对我开口讲话。告诉我这里经历的烛天的巨火吗？告诉我时间在这里该怎样衡量吗？还是告诉我你的向往，你的期待？

风又从废墟上吹过，依然发出“留——留——”的声音。我忽然醒悟了。它是在召唤！召唤人们留下来，改造这凝固的历史。废墟，不愿永久停泊。

然而我没有为这努力过吗？便在这大龟旁，我们几个人曾怎样热烈地争辩啊。那时的我们，是何等地慷慨激昂，是何等地满怀热忱！和人类比较起来，个人的一生是小得多的概念了，每个人自有理由做出不同的解释。我只想，楚国早已是湖北省，但楚辞的光辉，不是永远充塞于天地之间吗？

空中一阵鸦噪，抬头只见寒鸦万点，驮着夕阳，掠过枯树林，转眼便消失在已呈粉红色的西天。在它们的翅膀底下，晚霞已到最艳丽的时刻，西山在朦胧中涂抹了一层娇红，轮廓渐渐清楚起来。那娇红中又透出一点蓝，显得十分凝重，正配得上空气中摸得着的寒意。

这景象也是我熟悉的，我不由得闭上眼睛。

“断碣残碑，都付与苍烟落照。”身旁的年轻人在自言自语。事隔三十余年，我又在和年轻人辩论了。我不怪他们，怎能怪他们呢！我嗫嚅着，很不理直气壮。“留下来吧！就因为是废墟，需要每一个你啊。”

“匹夫有责。”年轻人是敏锐的，他清楚地说出我嗫嚅着的话。“但是怎样尽每一个我的责任？怎样使环境允许每一个我尽责任？”他微笑，笑容介于冷和苦之间。

我忽然理直气壮起来：“那怎样，不就是内容吗？”

他不答，我也停了说话，且看那瞬息万变的落照。迤逦行来，已到水边。水已成冰，冰中透出枝枝荷梗，枯梗上漾着绮辉。远山凹处，红日正沉，只照得天边山顶一片通红。岸边几株枯树，恰为夕阳做了画框。框外娇红的西山，这时却全呈黛青色，鲜嫩润泽，一派雨后初晴的模样，似与这黄昏全不相干。但也有浅淡的光，照在框外的冰上，使人想起月色的清冷。

树旁乱草中窸窣有声，原来有人作画。他正在调色板上蘸着颜色，蘸了又擦，擦了又蘸，好像不知怎样才能把那奇异的色彩捕捉在纸上。

“他不是画家。”年轻人评论道，“他只是爱这景色——”

前面高耸的断桥便是整个圆明园唯一的遗桥了。远望如一个乱石堆，近看则桥的格局宛在。桥背很高，桥面只剩了一小半，不过桥下水流如线，过水早不必登桥了。

“我也许可以想一想，想一想这废墟的召唤。”年轻人忽然微笑说，那笑容仍然介于冷和苦之间。

我们仍望着落照。通红的火球消失了，剩下的远山显出一层层深浅不同的紫色。浓处如酒，淡处如梦。那不浓不淡处使我想起春日的紫藤萝，这铺天的霞锦，需要多少个藤萝花瓣啊。

仿佛听得说要修复圆明园了，我想，能不能留下一部分废墟呢？最好是远瀛观一带，或只是这座断桥，也可以的。

为了什么呢？为了凭吊这一段凝固的历史，为了记住废墟的召唤。

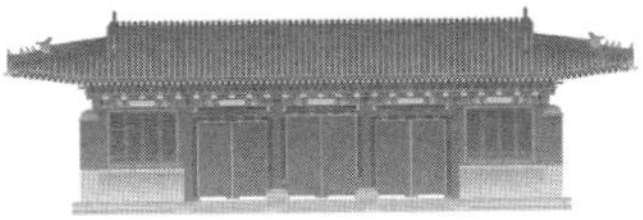

我 爱 燕 园

我爱燕园。

考究起来，我不是北大或燕京的学生，也从未在北大任教或兼个什么差事。我只是一名居民，在这里有了三十五年居住资历的居民。时光流逝，如水如烟，很少成绩，却留得一点刻骨铭心之情：我爱燕园。

我爱燕园的颜色。二十世纪五十年代，春天从粉红的桃花开始。看见那单薄的小花瓣在乍暖还寒的冷风中轻轻颤动，便总为强加于它轻薄之名而不平，它其实是仅次于梅的先行者。还没有来得及为它翻案，不要说花，连树都难逃斧钺之灾，砍掉了。于是便总由金黄的连翘迎来春天。因它可以入药，在校医院周围保住了一片。紧接着是榆叶梅热闹地上场，花团锦簇，令人振奋。白丁香、紫丁香，幽远的甜香和着朦胧的月色，似乎把春天送到了每个人心底。

绿草间随意涂抹的二月兰，是值得大书特书的。那是野生的花，浅紫掺着乳白，仿佛有一层亮光从花中漾出，随着轻拂的微风起伏跳动，充满了新鲜，充满了活力，充满了生机。简直让人不忍走开。紫色经过各种变迁，最后便是藤萝。藤萝的紫色较凝重，也有淡淡的光，在绿叶间缓缓流泻，这时便不免惊悟，春天已老。

夏日的主色是绿，深深浅浅浓浓淡淡的绿。从城里奔走一天回来，一进校门，绿色满眼，猛然一凉，便把烦恼都抛在校门外了。绿色好像是底子，可以融化一切的底子，那文眼则是红荷。夏日荷塘是我招待友人的保留节目。鸣鹤园原有大片荷花，红白相间，清香远播。后来，寻不到了。现在勺园附近、朗润园桥边都有红荷，最好的是镜春园内的一池，隐藏在小山之后，幽径曲折，豁然得见。红荷的红不同于桃、杏，鲜艳中显出端庄，就像白玉兰于素静中显出华贵一样。我曾不解为什么佛的宝座作莲花状，再一思忖，无论从外貌或品德比较，没有比莲花更适合的了。

秋天的色彩令人感到充实和丰富。木槿的花有紫有白，紫薇的花有紫有红，美人蕉有各种颜色，玉簪花则是玉洁冰清，一片纯白。而最得秋意的是树叶的变化。临湖轩下池塘北侧一排高大的银杏树，秋来成为一面金色高墙，满地落叶也是金灿灿的，踩上去不由生出无限遐想。池塘西侧一片灌木不知名字，一个叶柄上对称地生着秀长的叶子，着雨后红得格外鲜亮。前年我为它写了一篇小文《秋韵》，去年再去观赏时，却见树丛东倒西歪，让人踩出一条路。若再成红霞一片，还不知要多少年！我在倒下的枝叶旁徘徊良久，恨不能起死回生！“文化大革命”中滋长的破坏习性，什么时候才能改变？！

一望皆白的雪景当然好看，但这几年很少下雪。冬天的颜色常常是灰蒙蒙的，很模糊。晴时站在未名湖边四顾，天空高处很蓝，愈往边上愈淡，亮亮地发白，枯树枝丫、房屋轮廓显出各种姿态。像是一幅没有着色只有线条的钢笔画。

我爱燕园的线条。湖光塔影，常在从燕园离去的人的梦中。映在天空的塔身自不必说，投在水中的塔影，轮廓弯曲了，摇曳着，而线条还是那么美！湖心岛旁的白石舫，两头微微翘起，有一点弧度，显得既圆润又利落。据说几座仿古建筑的檐角，就是因为缺少了弧度，而成凡品。湖西侧小山上的钟亭，亭有亭的线条，钟有钟的线条，钟身上铸了十八条龙和八卦。那几条长短不同的横线做出的排列组合，几千年来研究不透。

我爱燕园的气氛，那是人的活动造成的。每年秋天，新学年开始，园中添了许多稚气的脸庞。“老师，六院在哪里？”“老师，一教怎样走？”他们问得专心，像是在问人生的道路。每年夏天，学年结束，道听途说则是：“你分在哪里？”“你哪天走？”布告牌上出现了转让车票、出让旧物的字条。毕业生要到社会上去了，不知他们四年里对原来糊涂的事明白了多少，也不知今后会有怎样的遭遇。我只觉得这一切和四季一样分明，这是人生的节奏。

有时晚上在外面走——应该说，这种机会越来越少了——看见图书馆灯火通明，像一条夜航的大船，总是很兴奋。那凝聚着教师与学生心血的智慧之光，照亮着黑暗。这时我便知道，糊涂会变成明白。

三角地没有灯，却是小小的信息中心，前两年曾特别热闹，几乎天天有学术报告，各种讲座，各种意见，显示出每个人都用自己的头脑在思索，一片绚烂胜过自然间的万紫千红。这才是燕园本色！去年上半年骤然冷落，只剩些舞会通知、电影广告和遗失启事，虽然有些遗失启事很幽默，却总感到茫然凄然。近来又恢复些生气。我很少参加活动，看看布告，也是好的。

我爱燕园中属于我自己的记忆。我扫过自家门前雪，和满地扔瓜子壳儿的男士女士们争吵过。我为奉老抚幼，在衰草凄迷的园中奔走过。我记得室内冷如冰窖的寒冬，也记得新一代水暖工送来温暖的微笑。我那操劳一生的母亲怀着无限不安和惦念在校医院病逝，没有足够的人抬她下楼。当天，她所钟爱的狮子猫被人用鸟枪打死，留下一只尚未满月的小猫。这小猫如今已是十一岁，步入老年行列了。这些记忆，无论是美好的还是痛苦的，都同样珍贵。因为那属于我自己。

我爱燕园。

燕园石寻

从燕园离去的人，可记得那些石头？

初看燕园景色，只见湖光塔影，秀树繁花，不会注意到石头。回想燕园风光，就会发现，无论水面山基，或是桥边草中，到处离不开石头。

燕园多水，堤岸都用大块石头依其自然形态堆砌而成。走进有点古迹意味的西校门，往右一转，可见一片荷田。夏日花大如巨碗。荷田周围，都是石头。有的横躺，有的斜倚，有的竖立如小山峰，有的平坦可以休憩。岸边垂柳，水面风荷，连成层叠的绿，涂抹在石的堤岸上。

最大的水面是未名湖，也用石做堤岸。比起原来杂草丛生的土岸，初觉太人工化。但仔细看，便可把石的姿态融进水的边缘，水也增加了意味。西端湖水中有一小块不足以成为岛的土地，用大石与岸相连，连续的石块，像是逗号下的小尾巴。“岛”靠湖面一侧，有一条石雕的鱼，曾见它无数次沉浮。它半张着嘴，有时似在依着水面吐泡儿，有时则高高地昂着头。不知从何时起，它的头不见了，只有向上翘着的尾巴，在测量湖面高低。每一个燕园长大的孩子，都在那石鱼背上坐过，把脚伸在水里，自由自在地幻想未来。等他们长大离开，这小小的鱼岛便成为他们生命中的一个逗号。

不只水边有石，山下也是石。从鱼岛往西，在绿荫中可见隆起的小山，上下都是大石。十几株大树的底座，也用大石围起。路边随时可见气象不一、成为景致的石头，几块石矗立桥边，便成了具有天然意趣的短栏。杂缀着野花的披拂的草中，随意躺卧着大石，那惬意样儿，似乎“嵇康晏眠”也不及它。

这些石块数以千计，它们和山、水、路、桥一起，组成整体的美。燕园中还有些自成一家的石头可以一提。现在看到的七八块都是太湖石，不知入不入得石谱。

办公楼南两条路会合处有一角草地，中间摆着一尊太湖石，不及一人高，宽宽的，是个矮胖子。石上许多纹路孔窍，让人联想到老人多皱纹和黑斑的脸，这似乎很丑。但也奇怪，看着看着，竟在丑中看出美来，那皱纹和黑斑都有一种自然的韵致，可以细细观玩。

北面有小路，达镜春园。两边树木郁郁葱葱，绕过楼房，随着曲径，寻石的人会忽然停住脚步。因为浓绿中站着两块大石，都带着湖水激荡的痕迹。两石相挨，似乎你望着我，我望着你。路的另一边草丛中站着一块稍矮的石，斜身侧望，似在看着那两个伴侣。

再往里走，荷池在望。隔着卷舒开合任天真的碧叶红菡萏，赫然有一尊巨石，顶端有洞。转过池面通路，便见大石全貌。石下连着各种形状的较小的石块，显得格外高大。线条挺秀，洞孔诡秘，层峦叠嶂，都聚石上。还有爬上来的藤蔓，爬上来又静静地垂下。那鲜嫩的绿便滴在池水里、荷叶上。这是诸石中最辉煌的一尊。

不知不觉出镜春园，到了朗润园。说实话，我从来没有弄清两园交界究竟在何处。经过一条小村镇般的街道，到得一座桥边，正对桥身立着一尊石。这石不似一般太湖石玲珑多孔，却是大起大落，上下凸出，中间凹进，可容童子蹲卧，如同虎口大张，在等待什么。放在桥头，似有守卫之意。

再往北走，便是燕园北墙了。又是一块草地上，有假山和太湖石。这尊石有一人多高，从北面看，宛如一只狼犬举着前腿站立，仰首向天，在大声吼叫。若要牵强附会说它是二郎神的哮天犬，未尝不可。

原以为燕园太湖石尽于此了，晨间散步，又发现两块。一块在数学系办公室外草坪上。这是常看见的，却几乎忽略了。它中等个儿，下面似有底座，仔细看，才知还是它自己。石旁一株棠棣，多年与石为伴，以前依偎着石，现在已遮蔽着石了。还有一块在体育馆西，几条道路交叉处的绿地上，三面有较小的石烘托。回想起来，这石似少特色。但既是太湖石，便有太湖石的品质。孔窍中似乎随时会有云雾涌出，给这错综复杂的世界更添几分迷幻。

燕园若是没有这些石头，很难想象会是什么模样。石头在中国艺术中，占有极重要的地位，无论园林、绘画还是文学。有人画石入迷，有人爱石成癖，而红楼梦中那位至情公子，也原不过是一块石头。

很想在我的“风庐”庭院中，摆一尊出色的石头。可能因为我写过《三生石》这小说，来访的友人也总在寻找那块石头。还有人说确实见到了。其实有的只是野草丛中的石块。这庭院屡遭破坏，又屡屡经营，现在多的是野草。野草丛中散有石块，是院墙拆了又修，修了又拆，然后又修时剩下的，在绿草中显出石的纹路，看着也很可爱。

恨　　书

写下这个题目，自己觉得有几分吓人。书之可宝可爱，尽人皆知，何以会惹得我恨？有时甚至是恨恨不已，恨声不绝，恨不得把它们都扔出去，剩下一间空荡荡的屋子。

显而易见，最先的问题是地盘问题。老父今年九十岁了，少说也积了七十年书。虽然屡经各种洗礼，所藏还是可观。原先集中摆放，一排一排，很有个小图书馆的模样。后来人口扩张，下一代不愿住不见阳光的小黑屋，见“图书馆”阳光明媚，便对书有些怀恨。“书都把人挤得没地方了。”这意见母亲在世时便有。听说有位老学者一直让书住正房，我这一代人可没有那修养了，以为人为万物之灵，书也是人写的，人比书更应该得到阳光空气和推窗得见的好景致。

后来便把书化整为零，分在各个房间。于是我的斗室也摊上几架旧书，《列子》《抱朴子》《亢仓子》《淮南子》《燕丹子》……它们遥远又遥远，神秘又无用。还有《皇清经解》，想起来便觉得腐气冲天。而我的文稿札记只好塞在这些书缝中，可怜地露出一点纸边，几乎要遗失在悠久的历史的茫然里。

其次惹得人恨的是书柜。它们的年龄都已有半个世纪，有的古色古香，上面的大篆字至今没有确解。这我倒并无恶感。糟糕的是许多书柜没有拉手，当初可能没有这种“设备”（照说也不至于），以致很难开关，关时要对准榫头，关上后便再也开不开，每次都得起用改锥（那也得找半天）。可是有的柜门却太松，低头屈身，找下面柜中书时，上面的柜门会忽然掉下，啪的一声砸在头上，直把人打得发昏。岂非关你人命的大事，怎不令人怀恨！有时晚饭后全家围坐笑语融融之际，或夜深梦酣之时，忽然一声巨响，使人心惊胆战，以为是地震或某种爆炸，惊走或披衣起来查看，原来是柜门掉了下来！

其实这些都不是解决不了的问题，只因我理家包括理书无方，才因循至此。可是因为书，我常觉惶惶然。这种惶惶然的感觉细想时可分为二。一是常感负疚，一是常觉遗憾。

这确是无法解决的。

邓拓同志有句云："闭户遍读家藏书。"谓是人生一乐。在家藏旧书中遇见一本想读的书，真令人又惊又喜。但看来我今生是不能有遍读之乐了。不要说读，连理也做不到。一因没有时间，忙里偷闲时也有比书更重要的人和事需要照管料理。二是没有精力，有时需要放下最重要的事坐着喘气儿。三是因有过敏疾病，不能接触久置积尘的书。于是大家推选外子为图书馆馆长。这些年我们在这座房子里搬来搬去，可怜他负书行的路也在百里以上了。在每次搬动之余，也处理一些没有保存价值的东西。一次我从外面回来，见我们的图书馆长正在门前处理旧书。我稍一拨弄，竟发现两本《丛书集成》中的花卉书。要知道《丛书集成》约四千本一套的啊！但是我在怒火上升又下降之后，觉得他也太辛苦，哪能一本本都仔细看过。又怀疑是否扔去了珍贵的书，又责怪自己无能，没有担负起应尽的责任。如此怨天尤人，到后来觉得罪魁祸首都是书！

书还使我常觉遗憾。在我们磕头碰脑满眼旧书的居所中，常常发现有想读的或特别珍爱的书不见了。我曾遇一本英文的《扬子》，翻了一两页，竟很有诗意。想看，搁在一边，找不到了。又曾遇一本陆志韦关于唐诗的五篇英文演讲，想看，搁在一边，也找不到了。后来大图书馆中贴出这一书目。当然也不会特意去借。最令人痛惜的是《四库全书》中萧云从《离骚全图》的影印本，很大的本子，极讲究的锦面，醒目的大字，想细细把玩，可是，又找不到了！也许只在此山中，云深不知处？据图书馆长说已遍寻无着——总以为若是我自己找，可能会出现。但是总未能找，书也未出现。

好遗憾啊！于是我想，还不如根本没有这些书，也不用负疚，也没有遗憾。那该多么轻松。对无能如我者来说，这可能是上策。但我毕竟神经正常，不能真把书全请出门，只好仍时时恨恨，凑合着过日子。

是曰恨书。

卖　书

几年前写过一篇短文《恨书》，恨了若干年，结果是卖掉。

这话说说容易，真到做出也颇费周折。

卖书的主要目的是扩大空间。因为侍奉老父，多年随居燕园，房子总算不小，但大部为书所占。四壁图书固然可爱，到了四壁容不下，横七竖八向房中伸出，书墙层叠，挡住去路时，则不免闷气。而且新书源源不绝，往往信手一塞，混入历史之中，再难寻觅。有一天忽然悟出，要有搁新书的地方，先得处理旧书。

其实处理零散的旧书，早在不断进行。现在的目标，是成套的大书。以为若卖了，既可腾出地盘，又可贴补家用，何乐而不为。依外子仲的意见，要请出的首先是《丛书集成》。

而我认为这部书包罗万象，很有用，且因他曾险些错卖了几本，受我责备，不免有衔恨的嫌疑，不能卖。又讨论了百衲本的《二十四史》，因为放那书柜之处正好放饭桌。但这书恰是父亲心爱之物，虽然他现在视力极弱，不能再读，却愿留着。我们笑说这书有大后台，更不能卖。仲屡次败北后，目光转向《全唐文》。《全唐文》有一千卷，占据了全家最大书柜的最上一层。若要取阅，须得搬椅子，上椅子，开柜门，翻动叠压着的卷册，好不费事。作为唯一读者的仲屡次呼吁卖掉它，说是北大图书馆对许多书实行开架，查阅方便多了。又不知交何运道，经过"文革"洗礼，这书无损污，无缺册，心中暗自盘算一定卖得好价钱，够贴补几个月。经过讨论协商，顺利取得一致意见。书店很快来人估看，出价一千元。

这部书究竟价值几何，实在心中无数。可这也太少了！因向北京图书馆馆长请教。过几天馆长先生打电话来说,《全唐文》已有新版，这种线装书查阅不便，经过调查，价钱也就是这样了。

书店来取书的这天，一千卷《全唐文》堆放在客厅地上等待捆扎，这时我才拿起一本翻阅，只见纸色洁白，字大悦目。随手翻到一篇讲音乐的文章："烈与悲者角之声，欢与壮者鼓之声；烈与悲似火，欢与壮似勇。”作者李蹊。心想这形容很好，只是久不见悲壮的艺术了。又想知道这书的由来，特地找出第一卷，读到嘉庆皇帝的序文：“天地大文日月山川万古昭著者也。人受天地之中以生，经世载道，立言牖民。观乎人文以化成天下。文之时义大矣哉！”又知嘉庆十二年，皇帝得内府旧藏唐文善本一百六十册，认为体例未协，选择不精，命儒臣重加厘定，于十九年编成。古代开国皇帝大都从马上得天下，以后知道不能从马上治之，都要演习斯文，不敢轻渎知识的作用，似比某些现代人还多几分见识。我极厌烦近来流行的宫廷热，这时却对皇帝生出几分敬意，虽然他还说不出科学技术是生产力这样的话。

书店的人见我把玩不舍，安慰道，这价钱也就差不多。以前官宦人家讲究排场，都得有几部老书装门面，价钱自然上去。现在不讲这门面了，过几年说不定只能当废纸卖了。

为了避免一部大书变为废纸，遂请他们立刻拿走，还附带消灭了两套最惹人厌的《皇清经解》。《皇清经解》中夹有父亲当年写的纸签，倒是珍贵之物，我小心地把纸签依次序取下，放在一个信封内。可是一转眼，信封又不知放到何处去了。

虽然得了一大块地盘，许多旧英文书得以舒展，心中仍觉不安，似乎卖书总不是读书人的本分事。及至读到《书太多了》(《读书》杂志1988年7月号)这篇文章，不觉精神大振。吕叔湘先生在文中介绍一篇英国散文《毁书》，那作者因书太多无法处理，用麻袋装了大批初版诗集，午夜沉之于泰晤士河，书既然可毁，卖又何妨！比起毁书，卖书要强多了。若是得半夜里鬼鬼祟祟跑到昆明湖去摆脱这些书，我们这些庸人怕只能老老实实缩在墙角，永世也不得出来了。

最近在一次会上得见吕先生，因说及受到的启发。吕先生笑说："那文章有点讽刺意味，不是说毁去的是初版诗集吗！"

可不是！初版诗集的意思是说那些不必再版，经不起时间考验的无病呻吟，也许它们本不应得到出版的机会。对大家无用的书可毁，对一家无用的书可卖，自是天经地义。至于卖不出好价钱，也不是我管得了的。

如此想过，心安理得。整理了两天书，自觉辛苦，等疲劳去后，大概又要打新主意。那时可能真是迫于生计，不只为图地盘了。

乐　书

多年以前，读过一首《四时读书乐》，现在只记得四句：“读书之乐乐何如？绿满窗前草不除。”“读书之乐乐无穷，瑶琴一曲来熏风。”这是春夏的情景，也是读书的乐境。“绿满窗前草不除”一句，是形容生意盎然的自由自在的情趣。“瑶琴一曲来熏风”一句，是形容炎炎夏日中书会给人一个清凉世界。这种乐境只有在读书时才会有。

作者写书总是把他这个人最有价值的一面放进书里，他在写书的时候，对自己已经进行了过滤。经常读书，接触的都是别人的精华。读书本身就是一件聪明的事，也是一件快乐的事。陶渊明说：“每有会意，便欣然忘食。”金圣叹读到《西厢记》“不瞅人待怎生”一句，感动得三日卧床不食不语。这都是读书的至高境界。不只是书本身的力量，也需要读者的会心。

我不是一个做学问的读书人，读书缺少严谨的计划，常是兴之所至。虽然不够正规，也算和书打了几十年交道。我想，读书有一个“分—合—分”的过程。

“分”就是要把各种书区分开来，也就是要有一个选择的过程。现在书出得极多，有人形容，写书的比读书的还多，简直成了灾。我看见那些装帧精美的书，总想着又有几棵树冤枉地献身了。“开卷有益”可以说是一句完全过时的话。千万不要让那些假冒伪劣的“精神产品”侵蚀。即便是列入必读书目的，也要经过自己慎重选择。有些书评简直就是一种误导，名实不符者极多，名实相悖者也有。当然可读的书更多。总的说来，有的书可精读，有的书可泛读，有的书浏览一下即可。美国教授老温德告诉我，他常用一种“对角线读书法”，即从一页的左上角一眼看到右下角。这种读书法对现在的横排本也很适用。不同的读法可以有不同的收获，最重要的是读好书，读那些经过时间圈点的书。

书经过区分，选好了，读时就要“合”。古人说“读书得间”，就是要在字里行间得到弦外之音，象外之旨，得到言语传达不尽的意思。朱熹说读书要“涵泳玩索，久之自有所见”，涵泳是在水中潜行，也就是说必须入水，与水相合，才能了解水，得到滋养润泽。王国维谈读书三境界，第三种境界是“蓦然回首，那人却在灯火阑珊处”，这种豁然贯通，便是一种会心。在那一刻间，读者必觉作者是他的代言人，想到他所不能想的，说了他所不会说不敢说的，三万六千毛孔也都张开来，好不畅快。

古时有人自外面回家，有了很大变化，人们议论，说他不是遇见了奇人，就是遇见了奇书。书对人的影响是非常大的。不过要使书真的为自己所用，就要从“合”中跳出来，再有一次“分”，把书中的理和自己掌握的理参照而行。虽然自己的理不断受书中的理影响，却总能用自己的理去衡量、判断、实践。用现在的话说就是活学活用，用文一点的话，就叫作“六经注我”。读书到这般地步，不只有乐，而且有成矣。

其实，这些都是废话，每个人有自己的读书法，平常读书不一定都想得那么多，随意翻阅也是一种快乐。我从小喜欢看书，所以得了一双高度近视眼。小时候家里人形容我一看书就要吃东西，一吃东西就要看书，可见不是个正襟危坐的学者，最多沾染了些书呆气，或美其名曰书卷气。因为从小在书堆中长大，磕头碰脑都是书，有一阵子很为其困扰，曾写了《恨书》《卖书》等文，颇引关注。后来把这些朋友都安排到妥当或不甚妥当的去处，却又觉得很为想念，眼皮子底下少了这一箱那一柜或索性乱堆着的书，确实失去了很多。原来走到房屋的每一个角落，都可以接触到各种宏论，感受到各种情感，这里那里还不时会冒出一个个小故事。虽然足不出户，书把我的生活从时空上都拓展了。因为思念，曾想写一篇《忆书》，也只是想想而已。近几年来眼疾发展，几乎不能视物，和书也久违了。幸好科学发达，经治疗后，忽然又看见了世界，也看见经过整顿后书柜里的书。我拿起几部特别喜爱的线装书抚摩着，一部《东坡乐府》，一部《李义山诗集》，一部《世说新语》。还有一部《温飞卿诗集》，字特别大，我随手翻到“捣麝成尘香不灭，拗莲作寸丝难绝”，不觉一惊——现在哪里还有这样的真诚和执着呢？

寒暑交替，我们的忙总无变化，忙着做各种有意义和无意义的事。我和老伴现在最大的快乐就是每晚在一起读书，其实是他念给我听。朋友们称赞他的声音厚实有力，我通过这声音得到书的内容，更觉得丰富。书房中有一副对联：“把酒时看剑，焚香夜读书。”我们也焚香，不过不是龙涎香、鸡舌香，而是最普通的蚊香，以免蚊虫骚扰。古人焚香或也有这个用处？

四时读书乐，另两时记不得了。乃另诌了两句，曰：“读书之乐何处寻？ 秋水文章不染尘。”“读书之乐乐融融，冰雪聪明一卷中。”聊充结尾。

读书断想

每当独坐时，常有一种幸运之感。因为我有眼睛可以读书，有耳朵可以听音乐。人类创造了这么多好东西，让人来不及地去亲近，而无暇寂寞。

书是我最好的朋友。一本本书打开一个又一个世界，符合古训择友条件之一“友多闻”。比较来说，书又不需特别设备和繁杂操作，一卷在手，便可领略，对于有些慵懒的人很合适。

有的书可以反复读，直至几个世纪；有的书一遍未终，便可弃置。这两种书像两条永不相交的平行线，永远不会彼此了解。有一位哲人说，前者是真实的书，是有灵魂的，活生生的；后者是表面的书，迷雾一片，唬人而已。真实的书读多么多也不嫌多，表面的书读多么少也不嫌少。

要读书，而且要读好书。

也是这位哲人说过，不读书是很不合算的事，因为书里集中了作者的经验和智慧——这当然是指那些真实的好书。一本好书的作者本人，有时并不一定讨人喜欢，而他的追求、心血，他的好的方面却都倾注在书里了。他的书是他的精华。读书，是取其精华，又何乐而不为呢。

一个人的存在，大体上可有两方面：一是这个人是什么，就是说，他是怎样的人，有怎样的人格，包括品德、学识、性情等。一是他有什么，包括地位、财产等。社会愈向前发展，一个人是什么和有什么愈应一致。读书可以改变一个人的精神面貌和内在气质，可以改变他本人，而增加人格的力量。

“书中自有黄金屋，书中自有颜如玉”的时代已经过去了，但是读好书永远可以帮助你提高自己，发展自己。读到的知识属于你，获得的精神力量属于你。好书永远不会欺骗，永远是你可靠的朋友。

要读书，要读好书。

图书在版编目（CIP）数据
紫藤萝瀑布·丁香结 / 宗璞著 . -- 武汉：长江少年儿童出版社，2025. 5. --（课文作家经典作品系列）.
ISBN 978-7-5721-4877-4
Ⅰ. I267
中国国家版本馆 CIP 数据核字第 2025B1K230 号

课文作家经典作品系列·紫藤萝瀑布·丁香结
KEWEN ZUOJIA JINGDIAN ZUOPIN XILIE · ZITENGLUO PUBU · DINGXIANGJIE
宗璞　著

出 品 人：何　龙
策　　划：姚　磊　胡同印
项目统筹：吴炫凝　汤　纯
责任编辑：胡文婧
实习编辑：杨飞燕
整体设计：陈　奇
封面插图：视觉中国
内文插图：视觉中国
排版制作：方　莹
责任校对：张　璠
责任印制：邱　刚　雷　恒
出版发行：长江少年儿童出版社
邮政编码：430070
网　　址：http：//www.cjcpg.com
承 印 厂：湖北新华印务有限公司
经　　销：新华书店湖北发行所
开　　本：720 毫米 × 970 毫米　1/16
印　　张：7
字　　数：62 千字
版　　次：2025 年 5 月第 1 版
印　　次：2025 年 5 月第 1 次印刷
书　　号：ISBN 978-7-5721-4877-4
定　　价：28.00 元